JN111462

ヘミングウェイの五感

戸田 慧
Kei Toda

松籟社

【目次】ヘミングウェイの五感

ヘミングウェイの五感

ヘミングウェイの五感

まえがき

　その貴婦人は百花繚乱の庭園にたたずみ、花の輪を編んでいた。かたわらには花籠を抱えた侍女が控え、薔薇の花であふれた籠もすぐそばに置かれている。芳しい花々の「香り」が漂う中、ライオンと一角獣が三日月の旗印を掲げ持ち、彼女を見守っている。またある時には貴婦人は一角獣の角にそっと手を「触れ」、パイプオルガンで「音楽」を奏で、手に留まった小鳥に手ずから「食べ物」を与え、自分の姿をうっとり「見つめる」一角獣のために手鏡を差し出す。そして小箱から宝石を取り出そうと、もしくは収めようとする貴婦人の頭上の天幕には謎めいた言葉――"À mon seul désir"（我が唯一の望み）――が掲げられている。

「貴婦人と一角獣」と呼ばれるこの六枚のタペストリーは一五世紀頃にフランドルで織られたと考えられ、一九世紀になって『カルメン』（*Carmen*, 1847）の作者として名高いプロスペル・メリメによってフランス中部のブサック城でぼろぼろに色あせた状態で発見された。その後、ジョルジュ・サンドが小

タペストリー「貴婦人と一角獣」（15世紀）、クリュニー美術館（筆者撮影）

説『ジャンヌ』（*Jeanne*, 1844）で賛美したことからその存在が知られるようになり、一八八二年にパリのクリュニー美術館（国立中世美術館）が入手して以来、美しく修復されたその姿を今なお目にすることができる。

二〇一八年七月にパリで開催された国際ヘミングウェイ協会の学会に参加した際、私はこのタペストリーと対面した。無数の絵画と彫刻を収めた美術館が綺羅星のようにひしめくパリにあって、この美術館は実にひっそりと、しかし静かな威厳を持って貴婦人と幻想の獣たちを薄闇の中にかくまっていた。ほの暗い部屋の壁を取り囲む鮮やかで緻密な織りは、目を楽しませる単純な喜びと、隠された謎を解き明かしたいという探求の歓びを与えてくれた。

一九二〇年代にパリで作家修行をしていた若きヘミングウェイもまた、このタペストリーを見たのだろうか。詩人のハリー・クロスビーに宛てた一九二七年一二月二日の手紙の中で、「僕の息子、バンビは今週二度クリュニ

「我が唯一の望み」（部分）
タペストリー「貴婦人と一角獣」（15 世紀）、クリュニー美術館（筆者撮影）

ー美術館に行った」（*Letters vol.* 3 334）と述べていることを考えると、幼い息子と共にヘミングウェイもまた、この美しくも謎めいたタペストリーを眺めたのではないだろうか。

鮮やかな紅色を背景に緻密に織り込まれた人物や動物たち、そして五感を連想させる神秘的な意匠は、一説には触覚、味覚、嗅覚、聴覚、視覚の順に肉体の欲求に近いものを超越し、ついに「我が唯一の望み」である神への敬虔さへと上昇する魂の来歴を表すと言われている。一方で、絢爛豪華な宝石や果実、楽器などの品々は貴婦人の婚礼を祝う五感の快楽を満たすための贈り物であり、「我が唯一の望み」は伴侶への「愛」を意味するという説もある。しかしながら、このタペストリーが一体誰のために、どんな意図で制作されたのかが謎であるように、貴婦人と一角獣の指し示す「唯一の望み」が何であるかは今なお明らかになっていない（セール　六一―七四、パストゥロー　一一〇―一四）。

私たちは五感を通して世界を認識する。しかし、誰もが等しく共有するように思える「五感」という認識もまた、永久不変のものではない。「五感の形成はいままでの全世界史の一つの労作である」(マルクス『経済学・哲学草稿』一四〇)とカール・マルクスが述べているように、五感は万人が共有する普遍的なものではなく、歴史的、文化的に形作られる極めて主観的な感覚なのである。たとえば仏教では感覚器官の数は五つではなく、「眼」「耳」「鼻」「舌」「身」「意」の六つであり、一方、ナイジェリアのハウサ人は感覚を二種類に分類している。すなわち視覚とそれ以外の感覚である (Classen 2)。

感覚を「視覚」「聴覚」「嗅覚」「味覚」「触覚」の五つに分類する西洋文化の伝統は、プラトンの『ティマイオス』に端を発しているといえるだろう。「視覚こそまさに、われわれに最大の利益をなす原因となっている」(プラトン七〇)という言葉が示すように、プラトンは視覚を万物を知覚するための最上位の感覚と位置づけ、触覚、味覚、嗅覚、聴覚、視覚と五感の階層を上昇するかのように記述する。

この五感の序列はアリストテレスに引き継がれる。アリストテレスは視覚を理性や知性と結びつけ、五感の中で最も優れた「人間的な」感覚であると考え、聴覚を第二位、嗅覚を第三位の感覚であると見なす一方で、味覚と触覚は「動物的な」快楽と関連するため、他の感覚よりも劣る感覚であると位置づけている (アリストテレス 七八、一九〇)。

以来、西洋文化において視覚は独占的な地位を占めることとなる。一八世紀のヨーロッパの啓蒙時代において、視覚の優位性は視覚と科学の結びつきによって強化されたとコンスタンス・クラッセンとマーク・M・スミスは語っている (Classen 4; Mark M. Smith 31-32)。さらに、グーテンベルグによる活版印刷の発明によって、言語を学習する主要な方法が発話を「聞く」ことから印刷された文字を「見る」ことへと変化したとマーシャル・マクルーハンは述べる（McLuhan 159-60）。

アーネスト・ヘミングウェイの文学批評においても、多くの活字がヘミングウェイ作品における「視覚」表現に対して費やされてきた。ヘミングウェイ自身が風景描写においてポール・セザンヌの絵画から多くのことを学んだと告白して以来（*MF* 13; Ross 51）、数多くの研究者がセザンヌのキュビズムという視覚芸術の手法が、いかにヘミングウェイの言語芸術の中に移植されているかを論じてきた（Berman 21-36; Gaillard Jr 65-79; Hagemann 87-112; Hermann 29-33; Johnston, "Hemingway and Cézanne" 28-37; Jones 26-28; Lair 165-68; Nakjavani 2-12; Stanley 209-25; 小笠原『アヴァンギャルド・ヘミングウェイ』）。

実際、一八九三年にトーマス・エジソンが箱型映写機キネトスコープを発明し、一八九五年にフランスのリュミエール兄弟によって観客が一つのスクリーンに映写された映画を鑑賞するシネマトグラフが考案されて以降、二〇世紀はまさに映像の世紀であった。ハリウッドの黄金期といわれる一九二〇年代から一九五〇年代に出版されたヘミングウェイの代表作もまたハリウッドで映画化された。ヘミングウェイがハリウッドの映画産業に対して示したシニカルな態度とは裏腹に、ズームインやズームアウト、セリフの進行、画面転換といった映画技術が作品に影響を与えたことを明らかにする論考や、自身の作品の映画化についてヘミングウェイが積極的な関りを持ったことを示す研究が行われ（Phillips, *Hemingway and Film*; Trodd 7-21）、さらに映画だけでなく、雑誌、写真といったさまざまな視覚メディアとの関係の深さを示す研究もなされてきた（Earle *All Man!*, 塚田『クロスメディア・ヘミングウェイ』）。

このようにヘミングウェイ作品と「視覚」表現の結びつきが注目される一方で、作中に描かれる「聴覚」「触覚」「嗅覚」「味覚」の描写については、それを作品解釈の主たる切り口とする研究は数少なく、五感にまつわる表現を包括的に考察する研究もなされてこなかった。

近年活発に行われるようになったヘミングウェイ作品における身体描写の研究においても、登場人物の鼻の形、脚や性器に負った傷、髪型や髪の色、肌の色によって人種意識やジェンダー、セクシュアリティのゆらぎを読み取る手法が中心であり、依然として視覚的要素を重視する傾向が見て取れる（Eby 41-86, 今村 一六一―二三八、高野『引き裂かれた身体』二二三―五四、中村嘉雄 八三―九二、新関 七五―九一、モデルモグ 一一八―五二）。

先述した四つの感覚の中で比較的注目されることが多い「味覚」、すなわち「食」についての研究では、作中に描かれる食事や酒の内容や食べ方が登場人物の心情、隠された過去や内面をどのように反映するのかが研究されて来た（Rogal, *For Whom the Dinner Bell Tolls*, 瀬名波 五八―七五、田中 七一―八一、中村亨 二〇七―二三）。文学批評の他にも、クレイグ・ボレスの『ヘミングウェイ　美食の冒険』（*The Hemingway Cookbook*, 1998）やオキ・シローの『ヘミングウェイの酒』（2007）などの書籍は、一般の読者にとってもヘミングウェイの描く酒と食が興味を掻き立てるテーマであることを示している。しかしながら、ヘミングウェイ作品における「食」を論じる際、考察の中心となるのはその酒の銘柄や料理の種類や調理法、もしくは空腹の有無であり、「味」の表現が注目されることは多くない。

ヘミングウェイの文学はカンザスシティー・スターの新聞記者時代に培われた感傷を排した簡潔な文

体、いわゆる「ハードボイルド・スタイル」が特徴であり、食べ物や酒が食卓に上る場面においても、ただ食事のメニューやワインの銘柄が述べられるだけという場合がほとんどであり、食事の匂いやワインの味わいが直接的に描写されることは稀である。「嗅覚」や「聴覚」、「触覚」に関する表現も同様に、何の匂いがし、何の楽器の音がしたのか、暑いのか寒いのか、といった事実が簡潔に述べられるだけであり、花の香りの芳しさや楽器の音色の美しさが抒情的に描き出されることはほとんどないといえる。

しかしながら、ヘミングウェイが描く五感の表現はシンプルかつ最小限であるだけに、読者の感覚に強く訴えかける力強さを持つ。『ヘミングウェイ大事典』の「ハードボイルド・スタイル」の項目に「ヘミングウェイは行動描写の合間に心理描写や視覚表現や知覚表現を巧みに織り交ぜ、登場人物の心の中を少しだけ垣間見せるのである」(今村、島村 七五九)と記されているように、一見すると単なる状況説明のようにもみえる「知覚表現」こそ、ハードボイルドの固い殻の奥に隠された登場人物たちの柔らかな心の内を読み解くための重要な糸口なのである。

さらにハードボイルド・スタイルと並ぶヘミングウェイのもう一つの有名な文学手法である「氷山理論」について、ヘミングウェイは「もしも作家が自分が書こうとしていることをよく知っており、また十分に正確に書いているのであれば、作家と読者が知っていることを省略することで、そのことを書いた場合と同じだけの効果を上げることができる。氷山の動きの持つ威厳は、水面上にあるわずか八分の一によってもたらされるのだ」(*DIA* 192) と述べている。主人公たちがどんな匂いや音、味や感触を感じ、それらにどう反応したのかを示す五感の描写は、まさに水面下に隠された膨大な見えざる物語を読者に感じさせるための貴重な氷山の一角だといえるだろう。

そこで本書ではヘミングウェイの小説における「視覚」のみならず、これまで注目されることの少なかった「聴覚」「触覚」「嗅覚」「味覚」にまつわる描写を通して初期の代表作『日はまた昇る』(*The Sun Also Rises*, 1926) から晩年の傑作といわれる『老人と海』(*The Old Man and the Sea*, 1952) まで、主要な長編小説を主軸に総合的に分析することで、登場人物の語られざる物語と秘められた心の内を読み解いていきたい。

第一章では「視覚」にまつわる表現の中でも、『日はまた昇る』における「光」の描かれ方に注目する。第一次世界大戦後の「狂乱の二〇年代」のパリとスペインを舞台とした本作では、ランプやガス灯といった伝統的な照明から、アーク灯や電灯などの電気を用いた近代的な照明まで、色とりどりの光が街を照らしている。主人公ジェイク・バーンズの旅路を彩るこれらの照明は、単に背景的な場面描写のためだけに描かれているわけではない。パリの下宿を照らすランプ、大通りにきらめく眩いアーク灯、そしてスペインの闘牛祭りを飾る電灯は、移り変わる時代と忍び寄る価値観の変化、そして登場人物たちの葛藤をも照らし出す重要な機能を持っていると考えられる。

第二章では、『日はまた昇る』を「音」という側面から分析することで、ジェイクの内面の変化がより鮮明に浮き上がる過程を明らかにしたい。本作にはパリの夜に物憂く響くジャズやスペインの闘牛祭りのにぎやかな音楽、そして人々の声や乗り物が立てる「雑音」までもが丹念に描きこまれている。登場人物の背景で流れる音楽や町の雑踏の音などは、単なる情景描写として見過ごされがちである。しかし、作中では直接語られることのない第一次世界大戦によってジェイクがこうむった心身の傷や癒しがたい恐怖、それから逃れようとする秘められた欲求、そして戦後の時代を生き抜くために彼が新たな価値観を身につけて行く過程が、一見ささいに見える数多くの「音」によって描き出されているのである。

第三章では第一次世界大戦を舞台とした『武器よさらば』(*A Farewell to Arms*, 1929)に描かれた「触覚」の描写に焦点を当てる。本作において、語り手である主人公フレデリック・ヘンリーは戦場の暑さや湿気、スイスの寒さと乾いた空気を丹念に語り、戦地の血と泥にまみれた恐怖と不快感、そこから脱出した解放感をいわば「肌感覚」で読者に伝える。しかしながら、戦場に満ちる暑気と湿気は病、戦争、不道徳、死を象徴し、対して戦場から遠く離れたスイスの冷涼な気候は健康、平和、道徳、生を表すという単純な二項対立で物語が終わるわけではない。語り手でありながら、容易に自身の心の内を語ることのない、いわゆるハードボイルドな主人公であるフレデリックだが、彼の心の中で渦巻く戦争と死への恐怖と平和な生活への憧れ、神と世間に背いて手に入れる恋人キャサリン・バークレーとの享楽的な快楽の喜びと、それに対する神からの罰に対する恐れといった揺れ動く価値観のせめぎ合いが、彼の語る「触覚」の描写の中に浮かび上がるのである。

第四章では、『武器よさらば』の成功の後、ヘミングウェイが陥った長いスランプの時期に書かれた短編小説「キリマンジャロの雪」(“The Snow of Kilimanjaro”)における、作家の創作における苦悩と葛藤を「匂い」の描写を通じて明らかにしたい。前章で考察した「触覚」によって感知される清潔と不潔の対比は、本作においては「匂い」に関わる描写と共に象徴的な意味を伴って作中で機能している。悪臭を伴う不潔さは通常は死や破滅を連想させる。事実、サファリでの狩りで負傷した主人公ハリーは不潔さによって壊死した脚が原因で悪臭を振りまきながら刻々と死に近づくが、この不潔さと悪臭は作家としての彼の生涯を巡る回想の中で次第にその意味を変えて行く。一見単純で図式的な二項対立のように思われがちな「清潔＝生」と「不潔＝死」の連想が、物語が展開するにつれ逆説的に交錯して行く様を読み取って行きたい。

第五章ではスペイン市民戦争を描いた『誰がために鐘は鳴る』(*For Whom the Bell Tolls*, 1940) における「匂い」について考察する。「キリマンジャロの雪」で示された不潔さと「匂い」の象徴性は、本作において主人公ロバート・ジョーダンの秘められた過去と、彼が抱く恐怖の正体を暴く最も重要な鍵となる。ジョーダンは人々の体臭や、レジスタンスのメンバーである女性ピラールが語る「死の匂い」の逸話に敏感に反応し、嫌悪や執着などさまざまな反応を見せるが、「匂い」に対するジョーダンの態度を通じ、明確に語られることのない彼の感情や行動の意図を読み解き、物語の前半では隠蔽されていた父親と祖父に対する愛憎を明らかにしたい。

第六章ではヘミングウェイの作品の中ではマイナーな作品として見過ごされる傾向にある短編小説「よいライオンの話」("The Good Lion") に描かれる食べ物の「味」に焦点を当てる。背中に羽の生えた物言うライオンを主人公としたこの作品は、長らく子ども向けの寓話として文学研究の対象としては軽視されてきたが、ライオンが食べ物の「味」に対して見せるさまざまな言動は、彼の「文化的」な外面と内なる欲望との葛藤を示唆する点で実に興味深いものである。アフリカでの「野蛮」な食事と、「文化的」なイタリアへ戻ってきてからのライオンの「食」の変化に注目することで、本作がヘミングウェイ作品において極めて重要なエッセンスを持っていることを証明したい。

第七章では『老人と海』における「味覚」に注目する。美食家として酒と食にこだわりを持ったヘミングウェイだが、意外なことに、作中で食べ物の「味」に言及することはそれほど多くはない。しかし、本作では年老いた漁師サンチャゴが口にする魚の味が他の長編作品と比較しても格段に丹念に描かれている。食べ物の味と栄養価についてのサンチャゴの意識には、二〇世紀アメリカにおいて発展しつつあった栄養学や医学の価値観が反映され、その一方で、彼が死闘の末に釣り上げるカジキの「味」は、サンチャゴとキリストの一体化へとつながる宗教性を帯びる。「神の死」を謳う新しい価値観と、依然として価値基準の根底に存在し続けるキリスト教のイメージがサンチャゴが口にする食べ物の中で混然と混ざり合い、彼の血肉を作り上げて行く様を考察する。

このように、本書ではヘミングウェイの初期から後期に渡る主要作品を「五感」にまつわる描写を通して考察することで、ヘミングウェイが見て、聴いて、触れ、嗅ぎ、味わった二〇世紀アメリカの混沌とした時代と、彼の価値観の変遷を追って行きたい。

【略記】

〈アーネスト・ヘミングウェイの著作〉

CSS　*The Complete Short Stories of Ernest Hemingway.* New York: Scribner, 2003.

DIA　*Death in the Afternoon.* Scribner's, 2003.

FTA　*A Farewell to Arms.* 1929. New York: Scribner, 2003.

FWBT　*For Whom the Bell Tolls.* 1940. New York: Scribner, 2003.

GHOA　*Green Hills of Africa.* 1935. New York: Scribner, 1998.

MF　*A Movable Feast.* 1964. London: Granada Publishing, 1977.

OMS　*The Old Man and the Sea.* 1952. New York: Scribner, 2006.

SAR-HLE　*The Sun Also Rises: The Hemingway Library Edition.* Edited by Sean Hemingway, Scribner's, 2014.

〈書簡集〉

Letters vol. 1　*The Letters of Ernest Hemingway. Vol. 1*, edited by Sandra Spanier and Robert W. Trogdon, Cambridge UP, 2011.

Letters vol. 3　*The Letters of Ernest Hemingway. Vol. 3*, edited by Rena Sanderson, Sandra Spanier and Robert W. Trogdon, Cambridge UP, 2015.

SL　*Ernest Hemingway: Selected Letters, 1917-1961.* Edited by Carlos Baker. New York: Scribner's, 1981.

第一章

電気仕掛けのプロメテウス

――『日はまた昇る』における「光」

「光は何かを照らし出すだけのものではない。光は啓示そのものである」[1]

――ジェームズ・タレル

はじめに

ギリシャ神話では太陽の神から「火」を盗んだプロメテウスにより、人間は禁じられた神の力と知恵を与えられ、自らの文明を生み出した。暗闇を退け、熱を生み出す「炎」は近代化の中で「照明」という機能に特化され、紀元前から一七世紀までの間に蠟燭やランプが誕生し、一八世紀ヨーロッパでは産業革命によって増加する工場や産業施設を照らすため、より光量の高いガス灯が実用化されるようになる。しかし蠟燭やランプは黒い煤で部屋を汚し、ガス灯は室内で使用するとガスが空気を汚染するという欠点があった。

一八〇〇年にイギリスのハンフリー・デーヴィが電圧の放電によって二本の炭素棒電極間に眩い光が出現することを発見すると、ガス灯よりさらに明るい電気照明であるアーク灯がヨーロッパの街路に立ち並んだ。一九世紀末になるとアメリカのジョセフ・スワンやトマス・エジソンによって、煤や煙を出すこともなく、ガス爆発やガス中毒の危険性もない、健康的で清潔な白熱電球が発明される。一九〇〇年、二〇世紀の到来を記念して開催されたパリ万博では、白熱電球の装飾や光の噴水、エッフェル塔のサーチライトなどがパリの夜空を照らし出し、センセーションを巻き起こした（ウィリアムズ 九一－九六、シヴェルブシュ『闇をひらく光』五四－八四）。二〇世紀を照らす白熱電球を生み出したこれらの発明家たちは、神の光を再び盗

『パリ万国博覧会の夜の電気館』（1900 年）市立ベルタレッリ印刷物収集館蔵
写真提供 WPS

み出した第二のプロメテウスであるといえるだろう。

その一方で、蠟燭、ランプ、ガス灯のほのかな灯りに馴染んだ一九世紀末の人々の目には、電気照明のもたらす強烈な白い光は科学の世紀の到来を予告すると同時に、その恐ろしさや非人間性を象徴するものとしても映った。ガス灯から電灯へと移り変わる街の灯は、時代の転換期において否応なく激変する人々の生活や精神を象徴するものとして、芸術家や作家の心を捕らえることになる。

『宝島』(*Treasure Island*, 1883)の作者として知られるロバート・スティーヴンソンは一八八一年に発表したエッセイ「ガス灯のための嘆願」(“A Plea for Gas Lamps”)において、蜜蠟の蠟燭の灯りをエレガントと評し、夜毎街を巡ってガス灯に火を入れる点燈夫を善良な心と平穏さの象徴と見なし、ガス灯こそ食事をする家庭の灯りにふさわしいと賛美する。一方で、電灯によって隅々まで照らし出されたパリの街並みを眺め、「これは未来の光景だ」(Stevenson 125)と感嘆しつつも、「新しい都市の星が夜ごと恐ろしく、気味の悪い、人間の目にとって不快な光を放っている。悪夢のためのランプだ！　このような光は殺人犯や犯罪者、精神病院の廊下のみを照らすべきだ」(Stevenson 125)として忌避している。

パリ万博の前年である一八九九年に生まれ、一九二〇年代にパリで作家としてのキャリアをスタートさせたアーネスト・ヘミングウェイもまた、照明技術の過渡期を生きた作家である。とりわけ第一次世界大戦後の一九二〇年代のパリとスペインを舞台とする『日はまた昇る』では、ランプ、ガス灯、アーク灯、電灯といった照明が主人公たちを照らす舞台照明さながらに丹念に描き分けられている。

第一次世界大戦を経験したロスト・ジェネレーションの若者たちを描いた『日はまた昇る』につい

て、人類史上初めてマシンガンや戦車といった機械による大量殺戮が行われた戦争を境に、人々の価値観が大きく変貌したことを論じた研究が数多くなされてきた。その研究の多くが、主人公ジェイクが暮らすパリの街を堕落した新時代の象徴とし、彼が闘牛観戦を行うスペインの街を古き良き田園と解釈するものである。さらに闘牛士ロメロを伝統的規範を守る英雄、もしくは司祭的存在と見なし、ジェイクが目指す理想の男性像であるとする解釈の傾向は一九八〇年代から現代に至るまで主流を成している(Hays 46-48; McCormick 238; Stoneback, "Hamingway and Faulkner" 149; Vernon 13-34; Von Cannon 57-71)。

しかし、『日はまた昇る』におけるスペインや闘牛士ロメロは単に戦争以前の汚れなき時代を懐古的に象徴するだけの存在なのだろうか。またヘミングウェイによる闘牛賛歌の小説として読まれることの多い本作だが、ジェイクが闘牛祭りに対して示す振る舞いは本当に闘牛を賛美するだけのものなのだろうか。

そこで本章ではこれまでは牧歌的理想郷と見なされることが多かった『日はまた昇る』のスペインの新たな側面を、従来の研究で着目されることの少なかったランプ、ガス灯、アーク灯、電灯といった照明の描写の変化から明らかにしたい。アリストテレスが「視覚はすぐれた意味で感覚であるから、『心的表象』をあらわすギリシャ語の『ファンタシアー』という名も光(ファオス)からとられたのである。それは、光なしには見えないからである」(アリストテレス 一五六)と述べているように、我々の「視覚」は「光」によってもたらされ、それは「心」と不可分に結びついている。世紀の変わり目を象徴する照明器具の「光」が、ジェイクの心の移ろいをどのように照らし出すのかを見て行きたい。

1. パリの光――ランプ、ガス灯、アーク灯

まず、物語の前半のパリにおいて主人公ジェイク・バーンズが巡り歩くパリの街における照明と、彼の住むアパートの室内照明などに注目し、それぞれの照明がどのような意味を持つのかを考察しよう。世界で初めて戦車、機関銃、毒ガスが使用された第一次世界大戦を経験し、爆撃によって心身ともに傷を負った主人公ジェイクは、戦争によって伝統的価値観や宗教観を喪失したいわゆるロスト・ジェネレーションの若者として、パリで記者として働きながら自堕落な生活を送り、夜な夜な友人たちと照明に照らされた酒場を巡り歩く。

例えばジェイクが娼婦と共に訪れた酒場では、後から店に入ってきた若者たちの姿が「彼らの手と洗ったばかりのウェーブのかかった髪が戸口の光に照らされているのを見ることができた」（*SAR-HLE* 16）と描かれている。ヘミングウェイ作品における同性愛者のアイコンともいえるウェーブした髪や入念に手入れされた手が、さながらスポットライトに照らされたように印象的に浮かび上がり、娼婦や同性愛者が入り乱れる酒場の猥雑な雰囲気を強調する（高野『引き裂かれた身体』二三八）。しかしこの段階では、彼らを照らす照明が蠟燭なのかオイル・ランプなのか、あるいはガス灯なのか電灯なのかの区別はされていない。

さらに、ジェイクが友人の婚約者でありながら、思いを寄せる女性であるブレット・アシュレーと二人でタクシーで夜のパリを巡る場面でも、「タクシーは丘を登り、灯りの灯る広場を通り過ぎた」（*SAR-*

HLE 21）、「それからムフタール通りの石畳へと向かった。そこには灯りの灯るバーがあり、通りの両側には夜遅くまで開いている店が並んでいた」（*SAR-HLE* 21）というように、広場の「灯り」はただ「灯り」（light）と表記されているのみである。

ここで描かれるムフタール通りはパリで最も華やかな地区であるモンパルナスにほど近く、数多くの飲食店でにぎわう通りである。かつて暗闇に覆われたパリの街をアーク灯が煌々と照らす様子は、一八八〇年代頃にはすでにパリの発展を象徴するものであり（シヴェルブシュ『闇をひらく光』一二三）、この場面で描かれる灯りもまたアーク灯などの電灯であると推測できる。しかしながら、あたかも照明がもっとも効果的な役割を果たす瞬間を待つように、パリのきらめきと新しさを象徴する「電灯」という言葉はこの場面ではまだ一切使用されない。

本作で最初にその種類が明らかになる照明は、二人を乗せたタクシーが工事現場の横を通り過ぎる次の場面に登場する。

> その道路は荒れており、男たちがアセチレン・ランプの炎のもとで市電の整備をしていた。ブレットの顔は青白く、まばゆい炎によって彼女の長い首のラインが浮かび上がった。道はまた暗くなり、僕は彼女にキスをした。（*SAR-HLE* 21）

ここに登場する「アセチレン・ランプの炎」（acetylene flares）とは炭化カルシウムと水を反応させ、

発生したアセチレン・ガスを燃焼させる照明であり、蠟燭よりもはるかに明るく、煤や煙を出すことがなく、当時としては高価だった電気照明よりも安価であったことから、二〇世紀初頭にヨーロッパやアメリカの鉱山の照明として普及した。アセチレン・ランプの特徴ともいえる円形の反射板は光を一方向に集め、暗い鉱山の中をより遠くまで照らすためにつけられたものである（Clemmer 32-33）。

　この工事現場の場面で登場するアセチレン・ランプもまた、反射板による局所的な光で道路を照らしていると考えられる。すなわち、アセチレン・ランプの強い光が届く範囲は明るく照らし出されるが、その光の領域は限定的なものであり、周囲にはより深い闇が残される。

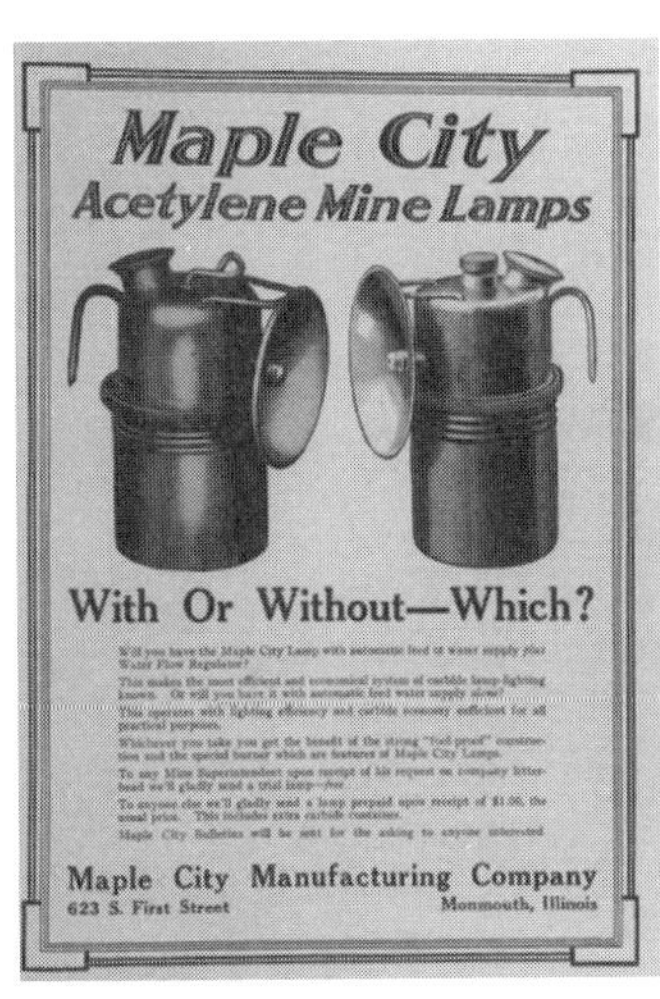

1910 年代のアセチレン・ランプの広告
(Clemmer 81)

　この場面では、アセチレン・ランプのもたらす一瞬の強い光とその後に残される深い闇とのコントラストが劇的な効果を上げている。アセチレン・ランプがブレットの顔を照らし、その容貌の美しさを際立たせることで、ジェイクの欲望を喚起する。その後、タクシーが移動したため再び暗闇が二人を包み込むが、強い光の後に訪れる闇の深さに隠れ、ジェイクは他人の婚約者であるブレットにキスをする。

　二人のキスシーンを演出する照明があえて「ア

セチレン・ランプ」と明言されることには意味がある。ジェイクと婚約者がいるブレットの恋は電灯が生み出す明るい光やほのかなランプの光のもとで許容されるものではなく、アセチレン・ランプの強い光で強調された闇の中で、わずかな時間だけ官能的かつ密やかに交わされるものであることを示唆している。

注目すべきはこの光と闇に意味を与えているのが語り手のジェイクであるという点である。ブレットは婚約者がありながら多くの男性と気軽に肉体関係を持っており、狂乱の二〇年代を象徴する性的に解放されたフラッパー的存在である。実際、彼女の婚約者マイクはブレットに片思いしているロバート・コーンに対し、「ブレットが君と寝たからなんだって言うんだ？　彼女はお前よりもましな人間とたくさん寝てきたんだぜ」（*SAR-HLE* 113）と言っている。すなわち、ブレットが他の男性と肉体関係を持つことは珍しいことではない、と婚約者であるマイク自身が半ば公認していることから、仮にジェイクとブレットが肉体関係を持つことがあったとしても、それをブレットが秘め事と見なすとは考えにくい。

この場面で二人の関係を「闇」の中に隠すべきと捉えているのは、あくまでも語り手のジェイクである。ジェイクは冒頭で娼婦と気軽に会話し共に酒場を訪れることから、表面的にはブレットと同様に性的に解放された新しい価値観を有しているように見えるが、その一方で婚約者のあるブレットへの恋をきらびやかな電灯の光の中ではなく、アセチレン・ランプの強い光が生み出すより深い「闇」の中に秘めるべき禁忌と見なす伝統的倫理観を有していることがうかがえるのである。

このように一見単なる情景描写のように見えるパリの街並みにおける照明の描写は、照明の特性や光の強さの違いによって明確に書き分けられており、ロスト・ジェネレーションの若者たちとの奔放な夜遊びの中に見え隠れする、古典的ともいえるジェイクの道徳観、倫理観の存在を間接的に浮かび上がらせる巧みな表現として機能している。

さらに、ブレットをタクシーで送った後、ジェイクがアパートメントに帰宅する場面ではガス灯、ランプ、そしてアーク灯といった複数の照明が丁寧に書き分けられており、それらはジェイクの明言されることのない心の苦しみや葛藤を照らし出す役割を担っている。

部屋に戻ったジェイクはまず、その日受け取った手紙を「ダイニングのガス灯の下で」(*SAR-HLE* 25) 読む。ガス灯はランプや蠟燭に代わる照明として一九世紀ヨーロッパでもっとも主要な照明方法として普及し、フランスでも一八五〇年代から一八七〇年代にかけて室内照明および街灯として一般化する、いわば一九世紀の灯りの代表なのである(シヴェルブシュ『闇をひらく光』一六〇)。このガス灯に導かれるように、ジェイクの思考は過去へと沈んでいく。手紙を読み終わったジェイクはガス灯を消し、ベッドのそばの「ランプ」を灯して寝る準備をする(*SAR-HLE* 25)。ランプはガス灯が登場する以前より蠟燭と並んで家庭で用いられてきた伝統的な室内照明である。ランプの灯りの中で服を脱いだとき、第一次世界大戦で受けた体の傷が鏡に映り、ジェイクはこれまで直接語ることのなかった戦場での出来事を回想する。

頭が働き始めた。いつもながらの愚痴だ。確かに、イタリアの前線みたいなところでこんなふうに傷を負ってしまうなんてひどいもんだ。（中略）ブレットのことを考え始めると思考は飛び跳ねるのをやめ、なめらかな波のように動き始めた。そして唐突に、僕は泣き始めた。（*SAR-HLE* 26）

第一次世界大戦時のイタリアで性器に傷を負ったジェイクは、その身体的障碍ゆえに愛するブレットと肉体的に結ばれることはない。電灯の光に照らされた街で享楽的な時間を過ごす間は戦争の記憶から逃れることができるが、ガス灯に照らされた部屋に戻り、ほの暗いランプの灯りのもとで眠りにつくとき、ジェイクは目を背けようとしてきた自分の肉体と心の傷を直視することになり、これまで抑えていた感情があふれ出す。

ランプの光が直接的にジェイクの記憶を呼び覚ましたという表現はないが、電灯やアセチレン・ランプが灯る街から帰宅し、電灯より光量の劣る「ガス灯」、そしてさらにほの暗い「ランプ」へと次第に暗さを増す照明は、まばゆい光に満ちた外では忘れることができていたジェイクの心の傷を、その暗さゆえに浮かび上がらせるという逆説的な役割を果たしているといえる。フランスの哲学者ガストン・バシュラールがランプの灯りこそ人間の想像力を掻き立て、過去の思い出を呼び覚ますものであると述べているように（バシュラール 八）、ジェイクもまたランプの灯りの中で自らの過去と向き合うことになるのである。

ジェイクの部屋のランプやガス灯が一九世紀的な古い照明として「過去」を追想させる役割を持つのとは対照的に、一九世紀末から二〇世紀初頭にかけてパリの街路を照らすようになったアーク灯は「現代」を象徴する照明であると同時に、彼の心を掻き乱す美しく奔放なブレットのように彼の生活に侵入する。

ジェイクは戦争の記憶に苦しみつつも眠りにつくが、真夜中に突然ブレットが彼のアパートを訪れ、ミピポポラス伯爵と一緒に飲みに行こうと誘う。ジェイクは彼女の誘いを断るが、「僕は上の階へ戻り、ブレットがアーク灯の下の曲がり角に停まっている大きなリムジンの方へ歩いて行く姿を開いた窓から見下ろした」(*SAR-HLE* 28) という描写から分かるように、「アーク灯」によって照らし出されるミピポポラス伯爵のリムジンに乗り込むブレットの姿を見つめずにはいられないほど、ジェイクは本心では彼女に強く執着している。ブレットが去った後、ジェイクは再び暗闇の中に横たわるが、車に乗り込む彼女の姿が脳裏によみがえり、「また地獄のような気分になった」(*SAR-HLE* 28) と苦しむ。

この場面でミピポポラス伯爵のリムジンを照らしているアーク灯は、炭素棒を放電により白熱させる照明であり、一八七〇年代頃からそれまで主流であったガス灯のほのかな光に取って代わり、夜道を隅々まで照らす新しい照明としてヨーロッパやアメリカに広まった（乾 六五―六六）。その明るさは夜道に安全をもたらす一方、ガス灯を上回るあまりのまぶしさは人々の目を眩ませ、室内で安らぐ憩いの時間を脅かすこともあった。ヴォルフガング・シヴェルブシュは一八八八年にアーク灯の眩さを批判したドイツの作曲家コルネリウス・グルリットの言葉を次のように紹介している。

アーク灯で照明された街路に住み、電気の青白い光がガス灯やランプの黄色い光とちがっていることにやりきれなさを覚えた多くの人々は、アーク灯の力をまざまざと見せつけられて、恐怖におののいている。従来のあかりとアーク灯とは、互いにまったく相容れない。それどころかこの新しい照明のぎらぎらした光は、街路から部屋の奥深くまで侵入してくるものだから、われわれとしては厳重に窓を覆わざるをえないのだ。（シヴェルブシュ『闇をひらく光』一九五）

真夜中にジェイクの部屋に上がり込み、彼が自分に恋心を抱いていると知りながら他の男性と飲みに出かけるブレットのふるまいは、ジャズ・エイジに性的な解放を遂げ、夜な夜なジャズに合わせて男性と踊り、それまで禁じられていた婚前交渉も厭わず自由恋愛を謳歌したフラッパーの奔放さそのものである。ブレットの強烈な存在感と傍若無人ともいえる行為は、真夜中の「人工太陽」（シヴェルブシュ『闇をひらく光』一二七）にたとえられたアーク灯の光のように外界からジェイクの内面へと無遠慮に入り込み、直視するに堪えないまばゆさでジェイクの部屋と彼の心の暗闇を一層際立たせる役割を果たしているといえよう。(2)

女性と電気というイメージの結びつきは実際、一九世紀末頃から一九三〇年代頃まで「電気の妖精」「電気の女神」という形で欧米に普及した。一八九一年にドイツで開催された電気技術博覧会では、『パンドラ』というバレエが上演され、電気研究のパイオニアであるガルヴァーニは史実とは異なり「未婚の女性」として描かれ、電話、蓄音機、電信という電気製品が三人の女神として踊りを披露し、「『未婚の女性』のもつ『たおやかさ』や『無垢性』といったイメージ」（原 一一二）が電気の神秘性を高め、

フレデリック・グラシアによるロイ・フラーの肖像、1902 年

炎や煙を伴う蒸気機関に代わる清潔なエネルギーであることを表現した。また、アメリカの舞踏家ロイ・フラーはパリ万博において、暗闇の中に電気照明によって浮かび上がる白い衣装を目まぐるしくはためかせる踊りによって、新世紀の光の女神として人々に強烈な印象を残した。

一九世紀から二〇世紀初頭における「電気エネルギーは、『高位』の女性のイメージと同じように、ほとんど神々しいまでに清らかで、肉体をともなわず、きわめて上品であるばかりか、受動的で従順であった」（シヴェルブシュ『光と闇のドラマトゥルギー』一九）という電気における処女性と受動性のイメージは、むしろ古典的な女性観に回帰するものであり、一見すると性的に奔放なブレットとは相容れないようにも思える。しかし、下半身の負傷のために性的不能なジェイクにとって、ブレットは性的な交わりを持つことができない存在となり、さらに爵位を持っていることを踏まえれば、ブレットはある意味「神々しいまでに清らかで、肉体をともなわず」に存在する「『高位』の女性」であるともいえる。(3)

また、ロイ・フラーの踊りについて、「このダンサーに息を吹き込んだ電気の光線が、いわば彼女を愛撫するようにとらえ、誕生へと導く」(シヴェルブシュ『光と闇のドラマトゥルギー』一九)と評されているように、通常、清らかさの象徴として描かれる電気と女性の間に、ある種の官能的な結びつきを見出すことも可能なのである。

性的に奔放でありながら、ジェイクにとっては「無垢」な処女でもある矛盾をはらんだブレットという存在は、新時代の象徴でありながら古典的な女性観を呼び戻し、清らかであると同時に、古き良き時代を脅かす脅威ともなる「電気」という存在とどこか重なるものがある。

その後の場面でもパリの街並みを照らすアーク灯や電灯は、「新しさ」や「時代の変化」を示している。ジェイクが友人のビルと共に食事に出かける場面では、これまで地元の人々しか知らなかったレストランに新しくやってきたアメリカ人観光客が押し寄せており、二人はこれまでのようにくつろいで食事をすることができない。ビルは「一九一八年」と「休戦協定直後」、すなわち第一次世界大戦末期にドイツと連合国がフランスで行った休戦協定の頃にこのレストランを訪れており、レストランのマダムは大いに喜ぶが、それでも席が空くまで四五分も待たされてしまう。さらに店を出ると「新しい道」を作るために「古い家」が取り壊されている様子が描かれる(*SAR-HLE* 62-63)。第一次世界大戦を経て、古き良きパリの面影が新しい時代の波に揉まれ消えつつある様子が、外国人観光客にあふれたレストランや取り壊される古い家によって表現される。

多くの観光客でパリはにぎわうが、二人が感嘆の声を上げて称賛するのは新しいパリの街並みではない。セーヌ川とパリの街を見下ろすノートルダム寺院を、ジェイクは次のように描写する。


僕たちは歩き続け、島をぐるりと回った。川は暗く、眩い灯りで飾られた遊覧船が素早く静かに通り過ぎ、橋の下をくぐって視界から消えて行った。川を下るとノートルダム寺院が夜空を背にうずくまっていた。僕たちはベテューヌ河岸から木造の歩道橋を通ってセーヌ川の左岸へと渡り、橋の上で立ち止まるとノートルダム寺院を眺めた。橋の上から見ると島は暗く、家々は夜空を背景に高くそびえ、木々は影となっていた。

「こいつはすごいな」とビルは言った。「本当に、帰って来てよかった」（*SAR-HLE* 63）

この場面から分かるように、ジェイクたちが感嘆するのは何百年も前からそこに建ち続けているノートルダム寺院やセーヌ川、家々が闇に沈んでゆく姿である。電飾に彩られた遊覧船の華やかさは夜の闇を消し去るのではなく、むしろノートルダム寺院という聖なる場所がもたらす荘厳な暗がりを際立たせているといえよう。

しかし、ジェイクたちが川を離れ、広場に出ると、「アーク灯が広場の木々を透かして輝き、木々の下ではSバスが出発するところだった」（*SAR-HLE* 63-64）とあるように、そこにはガス灯や馬車ではなく、電気とエンジンの時代が待ち受けているのである。一八〇〇年代まで、パリの大通りはランプやガス灯によって照らされていたが、ガス灯の灯りは「焔による『古風』な光」であり、「ガス灯の輝きのなかには、生命の息吹、暖かさ、近しさがあった」（シヴェルブシュ『闇をひらく光』一六〇）とされ、蠟燭やランプと同質の暖かい火として人々の生活になじみやすい照明であった。しかし、一九世紀後半に発明され、二〇世紀前半にヨーロッパおよびアメリカに普及した電気照明は、白く眩く安定した光を放つがゆえに、「硬さ、冷たさ、距離をもたらした」（シヴェルブシュ『闇をひらく光』一六二）とされる。前述したように、パリ万博では電気は清潔、無臭、安全かつ華やかな照明として賛美されたが、その一方で、白く冷たい電気の光は二〇世紀の科学の進歩がもたらす非人間性の象徴でもあったのである。

このように、ジェイクは一方では二〇世紀を象徴する新しい照明である電灯に照らし出されたパリの街を闊歩し、フラッパー的な性的奔放さを見せつけるブレットに惹かれている。しかしその一方で彼は闇にたたずむ古い町並みを愛し、ガス灯とランプという一九世紀的な古風な灯りの灯るアパートに住み、窓から飛び込んでくるアーク灯の閃光の如くジェイクの眠りを掻き乱すブレットの派手な男性関係に苦悩する。

ちょうど舞台芸術や映画における光が、単に登場人物を目に見えるように照らすだけでなく、物語の状況や登場人物の心情を表現する重要な役割を果たすのと同じく、本作において場面ごとにごく自然に、しかし巧みに描き分けられた照明は、ジェイクがロスト・ジェネレーションとして第一次世界大戦後の「狂乱の二〇年代」を謳歌しながら、同時に戦前の古い世界を愛し、伝統的な倫理観や貞操観念を捨てきれないことを暗示するのである。

2. スペインの光——電灯と伝統

パリでの放埓な日々の後、ジェイクは友人たちと共に伝統的な闘牛祭りを見るためにスペインへ旅立つ。第一次世界大戦という経験によって隔てられた古き世界と新しい時代の狭間に立つジェイクにとって、電気照明に象徴される「新しさ」に侵食されつつあるパリを離れ、伝統的かつ宗教的な闘牛祭りをめぐる旅は、時代の流れの中で失われつつある古き物を再体験しようとする行為であるといえる。しかし、その闘牛祭りにも「電灯」という新時代の光が密かに侵食し始めていることが次第に明らかになる。

ジェイクが友人たちと訪れるパンプローナのサン・フェルミン祭りはスペインでもっとも伝統ある闘牛祭りであり、街の守護聖人である聖フェルミンを称える宗教的儀式でもある。しかし、闘牛祭りを彩る電気照明は、その「古き良き伝統」の崩壊をアイロニカルに照らし出す。

スペインにおける照明の描写に目を向ける前に、ジェイクと宗教の結びつきを確認しておこう。そもそもジェイクは本名をジェイコブ（Jacob）といい、『旧約聖書』の「創世記」において天国に至る梯子の夢を見るヤコブ（Jacob）、もしくは『新約聖書』においてキリストの一二使徒の一人であるヤコブに由来する極めて宗教的な名を持っており、ブレットは「あなたってひどく聖書的な名前をしてるのね」

(*SAR-HLE* 19) と言ってジェイクをからかう。実際、彼自身はカトリックを自認しており、スペインに行く前にも、また滞在中にも教会に入って祈りを捧げている。ブレットが好奇心からジェイクの懺悔を見たいと言うのに対し、ジェイクはそんなことは不可能であり、スペイン語であるためブレットには理解できないなど、さまざまな理由をつけて断っていることからも (*SAR-HLE* 121)、ジェイクは彼女のように観光客的な好奇心からカトリックの教会を訪れているのではないことがわかる。むしろブレットのような軽薄な観光客から、カトリックの伝統や神聖さを守ろうと腐心しているように見受けられる。

しかし同時に、教会でのジェイクの祈りは友人たちへの祈りから、闘牛祭りや釣り、さらには金儲けなど世俗的な願いへと広がってしまう。「僕は堕落したカトリックだ」(*SAR-HLE* 78) と自ら認めているように、深い信仰心を持つことができないのである。

ジェイクが深い信仰心を失った具体的な理由は作中では描かれない。しかし、第一次世界大戦における戦車、機関銃、毒ガスによる悲惨な殺戮の記憶と、戦後のジャズ・エイジに蔓延した道徳の衰退や価値観の変動が、秩序や救いをもたらすはずの神への信頼を人々から奪うものであったことはよく知られており、ヘミングウェイと同時代を生きたモダニストたちが共有した価値観でもある。

ヘミングウェイとも交流の深いT・S・エリオットは『荒地』(*The Waste Land*, 1922) において、戦後の不毛な世界をさまよう虚ろな人びとを描き、その作風は『日はまた昇る』にも影響を与えたと言われている (今村、島村 六二三–二五)。ヘミングウェイの親友でもあったF・スコット・フィッツジェラルド (F. Scott Fitzgerald) もまた、『楽園のこちら側』(*This Side of Paradise*, 1920) の結末で「やがてすべての神は死に、すべての戦争は戦われ、人間のすべての信仰は揺さぶられることを知るのだ」（Fitzgerald 304）と述べている。戦争によって下半身に大怪我を負い、パリで酒とジャズに浸る生活を送っていたジェイクもまた、戦争をきっかけとした「神の死」を実感し、道徳的退廃の渦中にあったことは想像に難くない。

ここで忘れてはならないのは、高野泰志や山本洋平が指摘するように、ジェイクが神の存在を肯定し信じる気持ち、つまり信仰を完全に失ったわけではなく、むしろ神を求めつつ、それでもなお信じることができない、という葛藤の中にいるという点である（高野『神との対話』四九–六八、山本 四二）。[4] 真の信仰心から祈ることができないにもかかわらず、何度も教会を訪れるジェイクの行為は、失われた神への信頼を何とか取り戻そうとする試みであるといえる。

一見すれば、スペインの宗教的かつ伝統的な闘牛祭りは、ジェイクが神や伝統的価値観への信頼を取り戻すよすがとなるかに見える。華やかなジャズ・エイジのパリが戦後の堕落した時代を象徴するのに対し、スペインは戦争によっても変わることのない古い伝統と宗教の重さを体現するものであるという見解は多くの研究者が共有する認識である（Broer, "Intertextual Approach" 132-136; Grimes 91; Stoneback, "Hemingway and Faulkner" 154; Svoboda 61; Wagner 9）。

しかしながら、スペインの街を照らす照明の描写に注目すると、スペイン＝古き良き時代というノスタルジックな図式は崩れ始める。ジェイクが友人たちとパンプローナに到着した時、「人々は祭りにそなえて広場を電飾で飾っていた」（*SAR-HLE* 104）というように、街の広場は「電飾」（electric-light wires）で飾り付けがされている。本作において、「電灯」（electric light）という言葉が初めて登場するのがこのパンプローナであることは無視することができない点である。古い宗教的な祭りであるはずの闘牛祭りにおいて、当時としては新しいテクノロジーである電気照明が飾りとして使用されていることは、これからジェイクたちが目にするスペインが、すでに「新しい」時代へ移り変わりつつあることを暗示している。

ホテルのオーナー、モントーヤに案内され、ジェイクたちが若き闘牛士のロメロの部屋を訪れる次の場面では、「電灯」が特に重要な舞台装置として機能している。

> それは薄暗い部屋で、狭い通りに面した窓からわずかに光が差し込んでいた。（中略）電灯がついていた。少年は非常にまっすぐに立っており、闘牛士の服を着てにこりともしないでいる。彼のジャケットは椅子の背に掛けてあった。ちょうど飾り帯を巻き終わったところだった。彼の黒い髪が電灯の下で輝いていた。（*SAR-HLE* 130）

闘牛士の服を着て「まっすぐ」（straight）に立つロメロの姿勢は、後の場面でロメロの闘牛を目にしたジェイクが、「ロメロはけっしてひねりを加えることはない。常にまっすぐで純粋で自然な動きなのだ」「ロメロは古いやり方を保ち、最大限に自分の体を牛にさらすことで自然な動きを保っていた」（*SAR-HLE* 134）と言って、ロメロが体のひねりによる過剰な演出をせず、まっすぐで「古い」（the old thing）闘牛スタイルを保持していることと共通している。「古い」伝統を保ち、勇敢に「まっすぐ」たたずむロメロの姿は、戦争によって信仰や伝統への信頼を失い、さらに下半身の負傷によって物理的にも男性性を喪失したジェイクが取り戻したいと願う伝統や男らしさの象徴であると解釈できる（Broer, *Hemingway's Spanish Tragedy* vii; Stoneback 149; Strychacz 282-83; Wylder 38-39）[5]。

しかし、ここで注目したいのはロメロの姿を照らす「電灯」の描写である。『日はまた昇る』の削除された初期の手書き原稿と比較すると、この場面において「電灯」が用いられていることが単なる偶然ではないことが分かる。手書き原稿ではロメロに相当する若き闘牛士ニーニョ・デ・ラ・パルマが着替えをしている部屋は「二つのベッドがあり、修道院のような仕切りで区切られた薄暗い部屋」（*SAR-HLE* 210）と書かれているだけであり、「電灯」に関する描写は一切ない。

また、削除されたタイプ原稿では「暗い部屋は午後三時を過ぎたところだった」（*SAR-HLE* 266）というように、部屋の暗さがこれまでのように「薄暗い」（gloomy）ではなく、「暗い」（dark）と表現されるため、「彼は部屋の真ん中で電灯に照らされて立っていた。寝室には五人もの人がいたというのに、彼はひどく孤独に見えた」（*SAR-HLE* 266）というように、暗がりの中で電灯に照らされるロメロの姿が、さながら暗闇の中でスポットライトに照らされる役者のように強調して描かれている。

最終的な原稿では「窓からわずかに光が差し込んでいた」（*SAR-HLE* 130）という描写によってあからさまな光と闇のコントラストは和らげられるが、「電灯の灯る部屋」と「ロメロの髪を照らす電灯」という要素は最後まで残される。このように、部屋の明暗と照明の種類はヘミングウェイにとって何度も修正をほどこす価値のある、非常に重要な要素であったことがうかがえる。

それでは、ロメロを照らす「電灯」にヘミングウェイはどのような意味を与えているのだろうか。それを解き明かすためには、まずスペインにおける「電灯」の持つ象徴性を明らかにする必要がある。ジェイクはスペインに滞在中、ホテルで寝つけない時、かつて自分は「六か月の間、灯りを消すと眠れなかった」（*SAR-HLE* 118）と回想している。灯りを消さなかった理由は明確に説明されていないが、灯りをつけたままでないと眠ることができないという症状は、短編「身を横たえて」（"Now I Lay Me"）を始め、ヘミングウェイが描く第一次世界大戦のトラウマに苦しむ主人公たちに共通する特徴であることはよく知られている（今村、島村 七七五）。

また、「清潔で明るい場所」（"A Clean, Well-Lighted Place"）は軍人たちが通りを歩く戦時中のスペインを舞台とする作品であり、不穏な時勢の中、「電灯」に照らされた明るいカフェが、絶望から自殺を試みたとされる老人の心を癒す場所として描かれる。老人に共感する年長のウェイターは、理由は明記されないが不眠症に陥っており、自分も老人も同じ「夜に灯りが必要な人間」（*CSS* 290）であると述べている。年長のウェイターもまたヘミングウェイ作品の多くの登場人物が共有する第一次世界大戦のトラウマによる不眠症に悩まされているのだとすれば、電灯の光は死の恐怖をしりぞける一種の聖域であるといえる（勝井「ロング・グッドナイト」五五-五九）。また小笠原亜衣が指摘するように、電灯の冷たい光は眠りに就くことができない人間の孤独や苦悩を浮かび上がらせる役割も担っている（小笠原『アヴァンギャルド・ヘミングウェイ』一九六-九八）。すなわち、ヘミングウェイは電灯をある種の安らぎを与えてくれるもの、苦悩する人々を死と暗闇から守る聖なる領域を作り出すものと見なしているといえるだろう。

伝統的な価値観や男らしさを体現するロメロが、ほの暗い部屋の中で電気の光に照らされていることは、さながらカラヴァッジョやレンブラント、ラ・トゥールが暗闇の中に光に照らされて浮かび上がる聖人を描いたように、ロメロを死の恐怖から守られた聖域にたたずむ神聖な存在として登場させる効果

ミケランジェロ・メリージ・ダ・カラヴァッジョ
『聖マタイの召命』（1599-1600 年）
サン・ルイジ・デイ・フランチェージ教会蔵

レンブラント・ファン・レイン
『賢者の対話（聖ペテロと聖パウロの会話）』
（1628-1628 年）
ヴィクトリア国立美術館蔵

ジョルジュ・ド・ラ・トゥール
『大工の聖ヨセフ』（1642 年）
ルーヴル美術館蔵

を持つと考えられる。

しかし通常、キリスト教の聖人を照らすのは雲間から漏れる太陽の光や、闇を照らす蠟燭の光などが一般的である（シヴェルブシュ『光と影のドラマトゥルギー』一七〇、宮下規久朗 一〇五―一八）。先ほど名前を挙げた三人の画家も太陽の光か蠟燭の光によって聖人たちの神聖さを表現している。それに対し、本作において宗教的なスペインの祭りやロメロとの出会いの場面で用いられるのが、二〇世紀を象徴する電灯であることは、キリスト教の伝統に照らし合わせれば異質である。

ロメロを照らす電灯は、さながらパブロ・ピカソの『ゲルニカ』に描かれた巨大な瞳としての電球が、「縮小された太陽であり、神の眼であり、すべてを明るみに出す証人」（宮下誠 一三三）であり、「ビザンティン芸術で神の超絶を表すためにその像を囲む魚形の後光」（ペンローズ 三三五）を伴い、神の存在を暗示すると同時に、「太陽でさえもが最後には面目を失い、その光源は中心に電球が取り付けられて人工的なものにされてしまった」（ペンローズ 三三五）、「キリスト教的救済の希望を欠いた世界」（宮下誠 一三三）を意味すると考えられるように、神聖と堕落の矛盾した二つの意味をそなえていると考えられるのである。

そもそもヘミングウェイが『日はまた昇る』の原型となる小説を書いた際、若き闘牛士の堕落を描こうと考えていたことを考慮に入れれば（Reynolds, "False Dawn" 132）、寒々しい電灯の光に照らされるロメロの姿は、彼が古き良き伝統の守護者として光に照らされ称えられると同時に、カトリックの伝統が息づいているはずのスペインにすでに現代化の波が押し寄せ、その伝統が堕落しつつあることを暗示していても不思議ではない。ロメロを照らす電灯は単に新しい電化製品がスペインに普及していることを示すだけでなく、闘牛士の精神も新しい時代の中で変化を遂げつつあることを予感させるのである。

闘牛礼賛の旅としてのスペイン旅行は、ロメロがアメリカ大使から食事に招かれた時点から変化を見せ始める。ロメロが金持ちのアメリカ人から悪い影響を受けないように、招待の件はロメロには伝えないほうがよい、とジェイクはホテルのオーナーであるモントーヤに助言する。しかしその直後、自分のアメリカ人の友人たちがロメロを交えて、ホテルのレストランで酒

パブロ・ピカソ『ゲルニカ』（1937 年）ソフィア王妃芸術センター蔵
agefotostock / Alamy Stock Photo

を飲んでいる場面にジェイクは遭遇する。

この場面で、友人たちは次々と靴磨きを呼びつけては「靴磨きたちはすでに仕事をしている者の隣にひざまずき、すでに電灯の下で輝いているマイクの靴を磨き始めた」（*SAR-HLE* 138）というように、マイクが戯れに払う金目当てに、すでに磨かれた靴をさらに磨こうとするスペイン人たちを嘲笑う。ロメロをアメリカ大使に紹介しないほうが良いと助言した直後に、自身の友人たちが靴磨きに金をばらまき悪ふざけをしている様を目にしたジェイクは、新しい時代の到来を象徴する「電灯」の冷たい光のもと、アメリカ人が金銭によってスペイン人を堕落させている現実を目の当たりにしたのである。

ここで重要なのは、ジェイクがこの騒ぎを「少し不愉快」（*SAR-HLE* 138）と感じながらも、そこからロメロを連れ出すことなく、一緒に酒を飲み続けているという点である。このジェイクの行動がロメロを堕落から守るのではなく、むしろ堕落を助長する行為であることは、モントーヤがこの様子を見てジェイクたちに愛想をつかし、「会釈すらしなかった」（*SAR-HLE* 141）ことからも明らかである。

さらに、ブレットがロメロと二人きりになれるように手助けをしてほしいとジェイクに頼んだ時も、ジェイクは口では断るものの、実際にはわざと席を外し、ロメロとブレットをカフェに二人きりにして、彼らが駆け落ちするのを手助けすることになる（*SAR-HLE* 149）。

アーノルドとキャシー・デイヴィッドソンや前田一平がすでに指摘しているように、スペインの闘牛の伝統を禁欲的に守ってきたロメロを、道徳的に堕落したロスト・ジェネレーションの友人たちに紹介するジェイクの行動は、ロメロを崇高な存在からブレットの欲望の対象へと引きずり下ろす「偶像破壊」（Davidson 97）であると同時に、ジェイクの闘牛愛好家（aficionado）としての資格が剥奪される原因となるのである（前田『若きヘミングウェイ』二七八–八四）。

ロメロやスペイン人たちを堕落させる行動を直接的に行っているのは「電灯」に照らされたアメリカ人の友人たちであるため、ジェイクの責任は表向きは回避されているものの、ジェイクは友人たちの行いを傍観することによって彼らの愚行を間接的に手助けする。その結果、ジェイクは自らロメロという偶像の破壊に加担し、自分自身を他の友人たちと区別していた闘牛愛好家としての特権を放棄するのである。

すなわち、第一次世界大戦という一度目の「神の死」を経験したジェイクは、伝統と信仰の回復を求めて訪れたスペインにおいて、宗教的闘牛祭りや伝統を重んじる闘牛士ロメロと出会う。しかし、「電飾」に彩られた街で行われる闘牛祭りや、「電灯」という人工の後光に照らされる聖人ロメロに対し、結局のところジェイクは生きる指針を見出すことができず、自らロメロの堕落に加担するという、第二の神殺しを実行したといえるのである。ジェイクがロメロの崇拝者から偶像破壊者へ転じたきっかけについては、次章で詳しく考察したい。

これまで見てきたように、本作においてランプ、ガス灯、アーク灯、そして電灯は、第一次世界大戦後のパリとスペインを旅するジェイクの内面の葛藤や、移りゆく時代の変化を表現するため、極めて意識的に描かれた要素であることがわかる。物語前半のパリの場面では、古い町並みが破壊され、新しい人々や建物が増えてゆく街をアーク灯や電灯が照らし、一九世紀後半から二〇世紀にかけて普及した電気照明の持つ華やかさと脅威が描かれる。ジェイクは暗闇に浮かぶノートルダム寺院や古い町並みを愛し、自室はガス灯とランプを灯すのみであるが、そんな彼の部屋に真夜中に上がり込むブレットは、彼女を照らすアーク灯の強烈な光と同様に、狂乱の二〇年代の眩さでジェイクの内面の傷を照らし出すのだ。

しかし注目すべきは、初めて「電灯」(electric light) という言葉が本作で用いられるのが、進歩と堕落の象徴として描かれるパリではなく、伝統と宗教が息づくスペインであるという点である。ある種の違和感をもたらす二〇世紀的な新しい照明と伝統的なスペインの古さの対比は、闘牛士ロメロとの初めての出会いの場面で印象的に表現される。あたかも天の光に照らされる聖人のように登場するロメロは、その実、電気の光に照らされているのである。ジェイクは当初ロメロの伝統的で男性的な闘牛スタイルに魅了されるが、やがて「電灯」に照らされたレストランにおいて、アメリカ人の友人たちと共にロメロの堕落に手を貸すことになる。

宗教や古い伝統への信頼を取り戻すためにスペインを訪れたジェイクにとって、清潔で明るい「電灯」に照らされたスペインは、戦争がもたらした死と暗闇への恐怖から彼を守る聖なる土地といえる。しかし同時に「電灯」が象徴する「新しさ」がスペインにも浸透し、ジェイク自身を含めた全てが、戦争を経て取り返しようもなく変化してしまったことをも示すものでもある。

神から人間が盗み出した第二のプロメテウスの焔ともいえる「電気」の光は、ヘミングウェイら二〇世紀初頭の作家にとって、暗闇を照らす神の威光を連想させると同時に、ランプやガス灯に象徴される古きものを消し去る、新世紀の無慈悲な進歩を体現するものであった。新しさと神聖さを併せ持つ電灯は、第一次世界大戦によって「神の死」を目の当たりにしたジェイクが神を探し求め、ついには自ら偶像を破壊するという葛藤に満ちたこの物語を照らし出す、極めて重要なモチーフだといえるだろう。

註

（1）アメリカの芸術家であるジェームズ・タレルは光を題材としたインスタレーションで知られる。日本で常設展示されている作品としては金沢21世紀美術館の"Blue Planet Sky"やベネッセアートサイト直島の『南寺』があり、空を切り取ったような天井や、暗闇から浮かび上がる光の窓などを通じ、光と闇の存在を全身で感じることができる。

（2）ヘミングウェイの短編小説「敗れざる者」("The Undefeated")において、落ち目の闘牛士マヌエルはアーク灯に照らされた夜の部で闘牛をすることになる。マヌエルの「アーク灯の下に立つのは奇妙な感じだ。彼は暑い午後の太陽の下で大金を稼ぐことを選んできた。このアーク灯の下での仕事は好きではなかった。早く始まってほしかった」(CSS 192) という言葉からも分かるように、アーク灯の不自然なほど眩しい光は太陽の自然な光とは対照的なものとされ、彼が陥った不遇を強調する。その後、無様な闘牛を披露したことでマヌエルは観客席からゴミを投げ込まれることになるが、その際、観客席は「暗がり」(dark) の中にあり、アーク灯にまざまざと照らされたマヌエルと、暗闇の中の顔の見えない観客との対比によって、マヌエルの感じる挫折と孤独感が効果的に描かれる (CSS 203)。

（3）既婚者である貴族の女性との性的関係を伴わない不倫という状況は、ジャズ・エイジ的な不道徳さの象徴であると同時に、どこか古典的な「清らかな」愛の側面を持ち、ブレットというキャラクターの多面性を示している。マーク・スピルカは『日はまた昇る』におけるジェイクとブレットの叶わぬ恋を、アーサー王伝説における円卓の騎士ランスロットとアーサー王の王妃グネヴィアのような「宮廷風恋愛」の伝統を汲むと同時に、中世においては高潔さの象徴となった性的関係の不在が、本作の場合は第一次世界大戦後の荒廃した世界における愛の終わりを象徴すると述べる（Spilka 102）。キム・モーランドは中世文学に対するヘミングウェイの関心を指摘し、ジェイク、ロバート・コーン、ロメロがブレットの「騎士」としてどのような役割を果たすのかを論じている（Moreland 30-41）。

（4）H・R・ストーンバックはジェイクの祈りをキリスト教の教義に則ったものであるとし、彼を心からの信仰心を持ったカトリック教徒であると見なす（Stoneback, "Hemingway and Faulkner" 145）。しかし、小笠原や高野が指摘するように、友人のビルから「お前はカトリックなのか?」と問われたジェイクが「理論的には」（*SAR-HLE* 99）と含みのある答えを返していることからも、彼の信仰心は盤石なものではなく、かといって信仰を捨てることもできない揺らぎの中にあると考えることができる（小笠原「「男性的文化」の復権」一二七、高野『神との対話』五〇）。

（5）デブラ・モデルモグはロメロの身体の美しさや優れた闘牛の技術に対して向けられるジェイクの視線に抑圧された同性愛的欲望を読み取り、伝統的な「男らしさ」の象徴と思える闘牛においても、男らしさ／女らしさ、異性愛／同性愛の境界があいまいになる様が描かれていると解釈する（モデルモグ 一八〇–八三）。

第二章

喧騒と戦争
——『日はまた昇る』における「音」

「私はヘミングウェイが弓を動かすチェロのようなものです。ヘミングウェイは言葉にならないものを響かせていたのです。それは究極的には死になったわけですが」(1)

——バーナード・マラマッド

はじめに

一九五三年三月二一日、ヘミングウェイはキューバの夜空を見上げ、金星と木星と火星と水星が一列に並ぶ様に驚嘆した。この不思議な天体現象について彼は友人に宛てて手紙を書いている。その際、何十羽もの鳥が同時に巣を作るという現象が起こったことも記し、「蓄音機でバッハを聞かせると、鳥は上手くそれを真似た」(*SL* 812) と述べている。

鳥にバッハの音楽を聞かせた一九五〇年代にヘミングウェイが住んでいたキューバの邸宅フィンカ・ビヒアには、現在でも数百枚にも及ぶレコードのコレクションが収蔵されている（今村、山口 二〇〇）。棚にはジャズやフォーク・ミュージックのレコードと共に、頻繁に演奏されたことがうかがえる擦り切れたジャケットのロマン派やバロック音楽のレコードが数多く並べられており、クラシック音楽に対するヘミングウェイの関心の高さがうかがえる（Justice, "Music at the Finca Vigia" 98）。実際、ヘミングウェイは同じ言葉を繰り返し用いる手法をバッハの対位法から学んだと語っている（Ross 81）。

ヘミングウェイの音楽へのこだわりの強さにもかかわらず、作品に描かれた音や音楽が注目されることはあまり多くない。ヒラリー・K・ジャスティスはヘミングウェイ研究における主要なテーマを紹介する *Hemingway in Context*（2013）において「音楽」（Music）の項目を担当し、ヘミングウェイがクラシック音楽やジャズに親しみ、作品にも音楽の影響が少なからずあることを示しているが、ヘミングウェイと音楽の関りを主体的に論じた研究は数点しか見受けられない（Justice, "Alias Grace" 221-38; Camastra 51-67）。まして街中のざわめきや、眠りを邪魔する騒音を含めた「音」全体を含めた総合的な研究は未だになされていない。

しかし、ヘミングウェイの出世作である『日はまた昇る』にはパリのジャズやスペインの闘牛祭りの音楽、人や街の喧噪が満ちている。それらの「音」は単なる背景的な要素にとどまらず、小説の構造や主人公ジェイク・バーンズの感情や価値観の変化をも示す、重要な役割を担っている。

前章で指摘したように、本作は多くの一般読者や批評家から闘牛礼賛の書と見なされることが多く、ジェイクは闘牛の伝統や闘牛士への憧れを通して新たな生き方の指針を得たと解釈されてきた。例えばアール・ロヴィットは英雄的な闘牛士に対する憧憬が、戦争によって荒廃したジェイクの精神を癒すものであると捉えている（Rovit 161）。また、マーク・スピルカは闘牛士ロメロはジェイクとその同年代の若者たちに欠けている高潔さの象徴であり、「この寓話における本物のヒーロー、最後の道徳的試金石、その行動規範が愛と信仰が消失した世界に意味を与える男」（Spilka 121）と述べている。ロバート・O・スティーブンスはジェイクは物語の最後でボヘミアンである友人達よりも成長し、ロメロの価値観を追い求める準備ができていると結論づけている（Stephens 58）。

確かに、ロメロは優れた闘牛士であり、ジェイクもまた熱狂的な闘牛愛好家として描かれている。しかしながら、ジェイクの闘牛に対する態度は決して礼賛一辺倒とは言えない。そこで、本論では作中に描かれるさまざまな「音楽」と「音」を丹念に追うことで、闘牛に対するジェイクの賞賛がしだいに幻滅へと変化して行く過程と、その背後に隠されたジェイクの戦争の記憶を読み解いて行きたい。

1．パリの音——戦傷者の阿片

『日はまた昇る』の序盤、ジェイクはダンスクラブにおいて、娼婦のジョルジェットと共にバンジョーやアコーディオンの奏でる音楽に合わせてダンスを踊る（*SAR-HLE* 16）。ここで演奏されている音楽がどんな種類の音楽なのかは明記されていない。バンジョーはピアノ、打楽器、ベースと並んで一九世紀末から二〇世紀初頭のジャズにおいて一般的に使用された楽器であることから、ここで演奏されている音楽はジャズであると推測することもできる（シューラー八六、ティロー八八）。しかしながら、アコーディオンはジャズの編成楽器としては一般的ではなく、むしろ一九世紀末にパリのカフェやダンスホールで流行した「ミュゼット音楽」と呼ばれる庶民のダンス音楽の代名詞的な楽器であることを考えると、ここでジェイクたちが踊っている曲はミュゼット音楽である可能性も高い。騒がしいダンスホールにおいて、よく響くアコーディオンの音は歓迎され、とりわけジプシーの名演奏家たちによって勢いのあるスイングを伴ったミュゼット音楽が発展したといわれている（渡辺一〇九、一三四）。

いずれにせよ、このダンスクラブの場面で演奏される音楽は黒人音楽から発展したジャズ、あるいはジプシーによって発展したミュゼット音楽のような庶民的な音楽であることは間違いない。第一次世界大戦の後に訪れたジャズ・エイジにおいて、ラグタイムやブルース、ジャズ、チャールストンといった音楽は中流階級のフラッパー達にとって既存の社会規範への反抗の象徴であった（Barlow 325）。すなわち、この場面におけるにぎやかな音楽もまた、ジャズ・エイジにおけるロスト・ジェネレーションの若者たちの退廃的で反社会的な生活を描写するための表現要素であると言える。

パリの場面における大衆音楽は単に一九二〇年代の混沌とした生活模様を表すだけでなく、この小説の構造と関わる象徴的かつ重要な意味を持っていると考えられる。ジェイクはジョルジェットと踊る際、「そこはとても暑く、アコーディオンの音楽は暑い夜の中で心地よかった」（*SAR-HLE* 16）と述べ、さらに元恋人のブレット・アシュレーとダンスクラブで合流し、一緒に踊る時、「僕たちはアコーディオンの音楽に合わせて踊り、誰かがバンジョーを弾いていた。暑くて、僕は幸せだった」(*SAR-HLE* 19) と考えている。ここで明らかになるのは、「音楽」と「暑さ」(hot) の結びつきがジェイクに喜びを与えているということである。

第三章で詳しく論じるが、ヘミングウェイの作品において、「暑さ」は単に現実的な気温の高さを意味するだけでなく、「埃っぽい」(dusty)、「不潔な」(dirty)、「湿った」(wet) といった言葉と共に、病、戦争、死、不道徳、性的欲望を暗示する言葉であり、健康、道徳、平和、生命を象徴する「涼しい」(cool)、「清潔な」(clean)、「乾いた」(dry) といった言葉とは対照を成すと考えられる (新井「『清潔』な場所について」四二‐五五、勝井「パッションのゆくえ」六九‐八三)。

すなわち、このダンスクラブにおける「音楽」と「暑さ」の並置は、ジェイクにとってパリの音楽は性的情熱と密接に結びついた喜びをもたらすと同時に、彼を性病のような病や死へ導きかねない不健康と不道徳の象徴であることを示唆していると言える。

パリの音楽がジェイクに対し果たす役割は、ヘミングウェイの短編小説における音楽の役割と比較することで一層明確になる。「ギャンブラーと尼僧とラジオ」(“The Gambler, the Nun, and the Radio”) では、足に大怪我を負って入院したフレイザーは夜の間中ラジオの音楽を聴くことで、肉体的、精神的苦痛から逃避しようと試みる。そしてフレイザーは「宗教は人民の阿片である」という有名なカール・マルクスの言葉を援用し、「宗教は人民の阿片だ」「そうだ、音楽も人民の阿片だ」(*CSS* 367) と述べ、痛みの感覚を鈍らせる「音楽」を「阿片」に喩えている。カール・マルクスが『ヘーゲル法哲学批判序説』において、宗教は人々に幸福の幻想を与え、現実の状態に対し盲目にさせてしまうと批判したことは有名だが（マルクス『ヘーゲル法哲学批判序説』七二）、フレイザーにとって、そしてジェイクにとっても「音楽」のもたらす幸福の幻想は現在の苦境から目を背け、苦痛から逃れるための「阿片」の役割を果たしていると考えることができる。

ジェイクが具体的にどのような苦しみから逃れようとしているのか、小説内では直接的に言及されることはない。というのも、フレイザーの脚の怪我に相当するジェイクの傷は、第一次世界大戦の際にこうむった性器への傷であるが、ジェイクはこの怪我についてブレットと話すときも、「俺の身に起こったことは本来滑稽なことなんだから、それについては考えないようにしてるんだ」（*SAR-HLE* 22）と言い、すでにこの苦難を乗り越えたかのように振舞うからである。

しかし、「音」はジェイクの隠されていた感情や押し殺していた苦痛を意識の表面に浮上させる装置として機能する。パリでの夜、ジェイクは自室の窓の外から聞こえてくる貨物列車の音を聞くうちに、性器に負った傷に意識を向け始める。

ベッドのそばのランプを灯し、ガス灯を消し、大きな窓を開けた。ベッドは窓から離れたところにあり、窓を開けたままベッドのそばで服を脱いだ。外では夜行列車が市電の線路を走っていた。市場への野菜を運んでいるのだ。眠れない時にはそれらの音はひどく耳障りだった。服を脱いで、ベッドの横の大きな衣装簞笥の鏡で自分を見た。こんな風に家具を置くのはいかにもフランス的だ。実用的でもある。こんなところに傷を負うなんて、おかしなものだ。パジャマを着てベッドに入った。（*SAR-HLE* 25）。

ランプの薄暗がりのもと、貨物列車の「耳障り」（noisy）な音が響く部屋の中でジェイクは損なわれた自身の性器を見つめる。ブレットに対しては「滑稽」という言葉でその傷について受け流しているように振る舞うが、一人になって寝台に横たわったジェイクに安眠は訪れない。第一次世界大戦のイタリア戦線で人々が性器の怪我に対して示した同情や憐憫を次々と思い起こし、さらにブレットとの肉体による恋愛の完成が不可能であることを考え、ついに泣き出してしまう。やがて「しばらくして落ち着くと、ベッドに横たわったまま市電が通り過ぎて行く重々しい音を聞きながら眠りに落ちた」（*SAR-HLE* 26）というように、戦争による負傷の記憶とブレットに対する叶わぬ想いが列車の「音」によって呼び起こされ、同じ列車の「音」によって幕を閉じるのである。

窓の外を走る市電の音について、「眠れない時にはそれらの音はひどく耳障りだった」というジェイクの不眠症的な状態は、人前では平然と振舞っている彼が実際のところ戦争の傷やブレットとの関係に悩み苦しんでいる事実を示しているといえよう。「不眠」は戦争のトラウマに苛まれるヘミングウェイの主人公達が示す共通の症状である。短編「身を横たえて」（"Now I Lay Me"）では戦火にさらされた主人公は眠ることができず、「眠りにつくと体から魂が抜け出てしまうような気がして」（*CSS* 276）いると語る。「清潔で明るい場所」の年長のウェイターは「おれはベッドに行きたくない類の人間なんだ。

夜に明かりが必要な連中と同じなんだ」(CSS 290) と言い、不眠症を患っていることを示唆する。ウェイターは不眠の原因について語ることはしないが、兵士が町を巡回する戦時下のスペインにおいて、「不眠症」を患う彼の心に何らかの戦争の傷があることは明白である (小笠原『アヴァンギャルド・ヘミングウェイ』一九六–九八, Hoffman 93)。

すなわち、直接的には語られることのないジェイクの戦争のトラウマを示す不眠の夜、彼の心をかき乱す列車の「音」は、単に眠りを妨げる不愉快な騒音であるだけでなく、彼が「音楽」によって麻痺させてきた戦争の記憶と、それに起因する身体的、精神的苦痛とをよみがえらせる引き金の役割を果たしているといえる[2]。

このように、パリの音楽と騒音はジャズ・エイジという時代を反映すると共に、ジェイクの戦傷者としての心身の傷の深さを暗示し、その苦痛から音楽という「阿片」によって逃れようとする様を描き出しているといえよう。

2. スペインの音——失われた祝祭

パリでの生活の後、ジェイクは友人達とスペインで行われる闘牛祭りを見に旅行に出る。スペインの町に満ちる騒がしい歌と踊りと音楽は混沌としているが、そこには日常の煩雑な悩みを忘れさせてくれる悦楽と、宗教と伝統に裏打ちされた共同体との一体化という要素が混ざり合っている。

「全てがひどく非現実的で、つじつまの合うものは何もないように思える」(*SAR-HLE* 124) とジェイクが言うように、この祝祭の狂乱はパリの音楽とダンス同様、ジェイクにとって現在の肉体と精神の苦しみを麻痺させる「阿片」的効果を果たしていると考えることができる。『われらの時代』(*In Our Time*, 1925) に収められた短いスケッチ「第一三章」("Chapter XIII") においても、闘牛士ルイスは闘牛場に行くように説得されても耳を貸さず、闘牛祭りの音楽にのみ耳を傾け、群衆と共に踊るばかりである (*CSS* 149)。ルイスにとって、闘牛祭りの音楽と踊りは闘牛の恐怖という現実から逃避するための「阿片」の役割を果たしているといえる。

武藤脩二が指摘するように、この歌と踊り、音楽と酒に満ちた闘牛祭りはミハイル・バフチンのいうカーニバルに相当するものであり、その体制転覆的な混沌はジャズ・エイジの反体制的な狂乱とも呼応する (武藤 一一二–一一三)。一方で、カーニバルの享楽的側面が階級制度や社会習慣によって抑圧されていた人々に一時的な解放を与えると同時に、人々と共同体との一体感を強化する宗教的な恍惚をもたらすように (Bakhtin 197-98)、スペインの闘牛祭りもまた、社会規範からの一時の解放を人々に与えると同時に、人々を宗教や伝統に回帰させる側面を持っている。

実際、「サン・フェルミンの祭りもまた宗教的な祭りだ」(*SAR-HLE* 122) とジェイクが言うように、サン・フェルミンの闘牛祭りと宗教は密接に結びついており、「午後にはキリスト教の行列もあった。サン・フェルミンの聖人像が一つの教会から別の教会に移されるのである。全ての教会と市民の有力者がそれに参加した」(*SAR-HLE* 124) とされ、その儀式的な行列の後、リャウ・リャウと呼ばれる踊りに興じる人々が続く。さらにジェイクたちはカフェに行く際にホタという踊りを踊る若者たちを見る。これらの民衆の踊りは一見すると宗教的な行列に乱調をもたらすカオスを表すように見えるが、「踊りの振り付けは同じじゃないんだ」「音楽が変わると振り付けも変わるんだ」（*SAR-HLE* 132）というビルの言葉や、「ステップはとても複雑だった」（*SAR-HLE* 132）というジェイクの感想からも分かるように、音楽に合わせた規則性を持つ複雑なステップの踊りである。

ジャック・アタリは音楽の持つ規則性と社会規範との関連性について、「あらゆる音楽およびその構造は共同体の創造や強化のための道具である」（Attali 6）と述べている。どれほど祭りの音楽と踊りが激しく放埒に見えようとも、それらは実のところスペインの伝統的な共同体の秩序とキリスト教の力に裏打ちされたものなのである。

ここで注目すべきは、前章でも述べたように、パリで退廃的な生活を送ってきたジェイクが、一方でキリスト教の信仰や共同体との一体感を求めている点である。例えば、ジェイクはスペインに到着した初日に礼拝堂で友人や自分のことを祈り、その後も数回礼拝堂を訪れたと述べている（*SAR-HLE* 121）。ジェイクの祈りは自分勝手で冗談じみたものだが、聖堂を出るとき、「僕は少し恥ずかしかった。そして自分がこんなに堕落したカトリックであることを後悔した」（*SAR-HLE* 78）と真剣に祈れなかったことを恥じる。さらに、スペインに向かう列車の中で食堂車を占領していたカトリックの集団に対し、ジェイクは自分もカトリックだからこそ腹が立つ、と述べている（*SAR-HLE* 71）。第一次世界大戦の悲惨な戦場を経験した多くの若者と同様、ジェイクもまた宗教に対する信頼を喪失していると考えられるが、真剣に祈れないことを悔やみ、堕落したカトリックの有様に憤慨する彼の態度は、自分自身と世間から失われてしまった信仰心に対する郷愁を反映しているといえよう。

戦争によって喪失した宗教、伝統、共同体への憧れは、ジェイクの闘牛熱の中にも見出すことができる。ジェイクは闘牛に対する真の情熱を持つアフィシオナードとして、他のアメリカ人の友人たちが持つことのできない連帯感をスペインの闘牛愛好家たちとの間に築き上げる。そして若く才能あふれる闘牛士ロメロを賞賛するが、その際、前章でも述べたように彼の闘牛の流儀が「古い」（the old thing）スタイルを保ち、「まっすぐ」（straight）に体を使っていることを褒めたたえる（*SAR-HLE* 134）。

ブルース・L・グレンバーグが「ここでロメロはジェイクに『古きもの』を提示する。過去の時代に英雄的男たちが持っていたものを」（Grenberg 283）と指摘するように、ロメロの技の「古さ」はジェイクが戦争によって失った古き良きものの象徴であると考えることができる。言い換えるならば、ジェイクはロメロの「古い」闘牛を観戦し、宗教的な祭りに参加することによって、彼自身の損なわれた信仰心や共同体への信頼の回復を試みていると解釈できるのではないだろうか。

ジェイクが求める共同体との一体感は闘牛祭りの始まりの日にいったんは満たされ、その模様は祭りの「騒音」によって一層明確に描き出されている。祭りの歌や踊りを楽しむジェイクは友人たちと混雑したカフェで過ごす際、「闘牛が始まる時刻が近づくと一段と混雑し、テーブル席はますます混みあった。毎日闘牛が始まる前には大変な騒音があたりを包んだ。どんなに混んでいようと、他の時期にこのような喧騒がこのカフェを包むことはない。喧騒は続いた。その中にいる僕たちもその一部となった」

(*SAR-HLE* 129) と述べている。この場面では、「喧騒」(noise) は不愉快なものとしてではなく、祭りのにぎわいと陽気さを示すものであり、特に「我々はその騒音の一部だった」(we were in it and a part of it) というジェイクの言葉は彼がスペインとその文化に対して感じる一体感を示すものである。

一見すると、ジェイクはスペインの伝統的で宗教的な闘牛祭りに参加することで、失われた信仰心や伝統的な社会とのつながりを取り戻し、ロメロの「古い」流儀の闘牛を見ることで、スピルカやスティーブンスをはじめ多くの批評家が述べたように、ロメロを目指すべき目標とし、戦後の喪失感を克服し、自制心と尊厳を持った生き方の指針を得たかに見える (Spilka 121; Stephens 58)。

しかしながら、ジェイクは奇妙にも自らロメロと闘牛愛好家たちとの絆を破壊してしまう。闘牛を観戦した後、ジェイクはブレットらの希望に従ってロメロを夕食の席に招待し、共に酒を飲むが、この行為が熱烈な闘牛愛好家でもあるホテルのオーナーのモントーヤの怒りに触れてしまう。たとえブレットの希望があったとしても、アメリカ人が闘牛士を堕落させることを懸念するモントーヤに事前に相談まで受けていたジェイクが、肩も露わなブレットのそばにロメロを座らせ酒をふるまったことは、有能な闘牛士を酒と女によって堕落させる手伝いをすることと同義である。前章で触れたように、ジェイクの行為は彼が闘牛愛好家としての情熱を失い、闘牛の掟を破り、ロメロという偶像の破壊を試みた結果であると言えるだろう (Davidson 97, 前田『若きヘミングウェイ』二七八–八四)。

この一件以降、ジェイクがスペインの共同体との絆を失ったことが、「音」の描写を通じて明確に描き出されている。モントーヤと決別した直後、ジェイクは友人たちとカフェに出かけるが、道の途中で軍隊のバンドが音楽を演奏しているのを見る。街路は降ったばかりの雨で濡れており、「誰も広場で踊ってはいなかった」「風がバンドの音楽をかき消してしまった」（*SAR-HLE* 143）と描かれる。これまでのように太鼓や笛の音に合わせて人々がリャウ・リャウを踊り、ジェイクたちがその中で一体となることはない。祭りの音楽が風の中に消え、踊りも踊られなくなったこの場面は、明らかにこれまでの音楽と踊りに満ちた闘牛祭りの熱狂とはかけ離れた冷ややかな情景として描かれている。

さらに、ジェイクたちはカフェに到着するものの、「カフェの中はひどく混雑していてとても騒がしかった。誰も僕たちが入ってきたことに気づかなかった。テーブルを見つけることもできなかった。ひどい喧騒が続いていた」（*SAR-HLE* 143）と述べ、以前のようにカフェに席を見つけることができず、かつては群衆との一体感を心地よく感じていた「喧騒」（noise）によってジェイクたちが排除される様が描かれている。この場面は明らかに前述のカフェの場面と対照をなしており、もはやジェイクらは祭りの「喧騒」の一部となることも、スペインの共同体の一員となることもできなくなったことを如実に示している。

では、なぜジェイクはあれほど愛好していた闘牛との絆を自ら断つような行動を取ったのか。その理由は小説内には明確に描かれてはいない。しかし、「音」の描かれ方とそれに対するジェイクの反応を追って行くと、闘牛に対するジェイクの価値観が称賛から幻滅へと変化して行く過程が読み取れる。

闘牛が行われる初日、ジェイクは騒がしい「ロケットの音」（*SAR-HLE* 128）によって目を覚まし、ホテルのバルコニーから牛追いを見物するが、その際、牛の前で転んだ男が危うく踏みつけられそうになる場面を目撃し、直後に闘牛場から聞こえる、牛の到着を喜ぶ人々の「物凄い歓声」（*SAR-HLE* 128）を耳にする。興味深いことに、ジェイクはその後闘牛場に行くのではなく、再びベッドに戻り寝てしまう（*SAR-HLE* 128）。闘牛祭りの初日に闘牛を見ることなく、ホテルのベッドで二度寝をするジェイクの行動は、情熱的な闘牛愛好家としてはいささか不自然なものである。闘牛観戦から戻ってきた友人たちに「誰か怪我をしたのか？」（*SAR-HLE* 128）と尋ねていることからも、牛追いでの危険な出来事がジェイクに不吉な印象を与え、闘牛を見る意欲を削いだ可能性が示唆される。

牛追いでの一般市民の転倒は一見何気ない挿話のようでもあるが、実の所、この出来事こそジェイクが闘牛の世界との絆を断つ転機となる最初の出来事であると考えられる。実際、この牛追いの事件の後に、ジェイクはロメロを酒の席に招き、モントーヤと決別することとなる。さらに祭りの後半では、最初の牛追いの出来事を反復するかのように第二の牛追いの事故が起こる。この二度目の事故を契機として、作中における闘牛の描かれ方は大きく変化し、その反復の構造と事故の悲劇性は「音」の描写によって強調される。

二度目の事故を目撃することになる朝、ジェイクは「頭痛と共に目が覚め、通りではバンドによる騒音が続いていた」（*SAR-HLE* 156）という不快な状況で目を覚ます。これは最初の牛追いを見た朝、ジェイクが「ロケットの音」（*SAR-HLE* 128）によって目を覚ましたことを想起させ、音による目覚めという場面が意図的に反復される。しかしここではバンドの演奏に対し、ただの「音」（sound）ではなく「騒音」（noise）という否定的な表現が使われていることからも、ジェイクが闘牛祭りの音楽を耳障りに感じ始めていることがうかがえる。

闘牛場では、視覚以上に聴覚からの情報を通じてその状態が描写されている。例えば、出遅れたジェイクはロケットの音を聞いて時間内に闘牛場に入れないことを悟り、人だかりのできたフェンスへと向かう（*SAR-HLE* 156）。そして群衆と共に牛が闘牛場に殺到すると、牛は前を走っていた一般人を投げ飛ばすが、その際、あまりに多くの人々が集まっているため、ジェイクはその男を見ることができず、次の引用にあるように群衆の「叫び声」の大きさによって事故の酷さを知り、「ロケット」の音を聞いて牛が囲いの中に入ったことを知るのである。

> 人々はフェンスによじ登った。群衆があまりにも分厚く男を取り囲んでいるので、僕はその男を見ることができなかった。リングの中から叫び声が聞こえた。叫び声の一つ一つが牛が群衆に突っ込んだことを意味していた。叫び声のひどさからどれくらい酷いことが起こっているのか知ることができた。（*SAR-HLE* 157）

最初の牛追いで危うく牛に踏まれそうになった男を見た後、ジェイクは闘牛場から人々の「歓声」(roar) が沸き起こるのを耳にするが、二度目の事故では、ついに牛追いで人が傷つき、死ぬ様を目撃し、人々の「叫び声」(shout) が闘牛場に満ちるのを聞く。混雑した闘牛場で「音」を頼りに状況を判断しているジェイクにとって、わずか二ページの場面の中で七回も繰り返される人々の「叫び」(shout)

は、闘牛の興奮以上に、事故の悲惨さをより深く認識させるものでもある。また、「音」の描写と牛追いの事故とが反復されることで、一度日の牛追いの出来事は不吉な予兆として機能し、二度目の事故はその予言の成就と捉えることができよう。

そして、最初に牛追いを見た朝と同様、ジェイクは二度目の事故を目撃した後、すぐに闘牛場を立ち去り、カフェに行ってしまう。一度目の牛追いの時と同様、ジェイク自身は闘牛見物を中断した理由を語りはしないが、この後語られる闘牛に対するカフェのウェイターの反応やブレットの行動は、これまで描かれてきた闘牛への称賛とは反対に、批判と皮肉に満ちたものであることは注目すべき点である。

スペイン人のカフェのウェイターはジェイクから牛追いの事故の話を聞き、「角で酷い怪我とは。全部楽しみのため。ただの楽しみのため。どう思います？」(*SAR-HLE* 157) と批判的な態度を示し、「牛とは何です？　動物です。野蛮な動物ですよ」(*SAR-HLE* 158) と言う。その後、牛追いで男を踏み殺した牛をロメロは見事な手際で倒し、牛の耳をブレットに捧げるも、彼女はその耳を煙草の吸殻と一緒にホテルの机の引き出しに忘れて帰ってしまう (*SAR-HLE* 158)。このようなウェイターやブレットの言動は、闘牛の牛は神話的な猛獣ではなく単なる獰猛な動物に過ぎず、その耳も記念碑ではなく煙草の吸殻同様のごみでしかないことを示唆し、闘牛に付与される神秘性や重要性は否定される。

ジェイク自身は直接的に闘牛について否定的な意見を述べることはないが、牛に殺された市民の葬列を淡々と新聞記事のように記述するジェイクの語りは、「死者の博物誌」(“A Natural History of Dead”) において、戦時中の人や動物の悲惨な死を感情を交えずに報告することで、神の救済の不在とそれに対する幻滅を描くニックの語りと類似している（*CSS* 337）。ウェイターとブレットの言動や葬列の描写は、闘牛における無意味な死と暴力に対するジェイクの幻滅を間接的に表すものであると考えることができる。

重要なのは闘牛における死と暴力に対するジェイクの幻滅の背後には、作中では明確に語られることのない戦争の死と暴力に対する恐怖と失望が潜んでいる点である。ヘミングウェイは『午後の死』（*Death in the Afternoon*, 1932）の中で「戦争が終わった今、生と死と暴力を見ることができる唯一の場所は闘牛場だ」（*DIA* 10）と述べ、闘牛と戦争を密接に結びつけている。

ジェイクもまた闘牛祭りの熱狂の裏に戦争の狂乱を見出している。牛追いにおいて人が危険な目に遭うのを目の当たりにした最初の出来事の後、ロメロを食事に誘い、モントーヤと決別したジェイクたちは通りで「軍隊のバンド」（*SAR-HLE* 143）に遭遇する。闘牛祭りを象徴する音楽を演奏する者が、これまでのような市民ではなく、軍人へ変化したことは無視することのできない要素である。戦争を想起させる軍人たちが演奏する中、花火職人が花火のついた風船を飛ばそうとするが、風に吹かれた風船は家々や群衆の上に落ち、「マグネシウムの炎と花火が爆発し、群衆を追いかけた」（*SAR-HLE* 143）と描かれているが、この光景は戦場で爆発し、人々を追う銃弾を連想させるものである。

祭りの初日にも、ジェイクは煙を上げて飛び、祭典の始まりを告げるロケットを「榴散弾」（shrapnel）（*SAR-HLE* 123）にたとえている。この「榴散弾」こそ、第一次世界大戦においてヘミングウェイの脚を何百もの破片で引き裂いた武器であり、家族に宛てた手紙の中でもヘミングウェイは弾の破片の絵を添えてこの武器について触れている（*Letters vol.1* 141）。闘牛祭りを盛り上げるためのロケットや花火に、ジェイクがかつて経験したであろう戦争の武器のイメージが付与されているのである。

「反復」はマイケル・レノルズが指摘するように、ヘミングウェイが好んで用いる手法の一つであり（Reynolds, *Hemingway's First War* 238）、一時の熱狂の後に訪れる闘牛の無意味な死と暴力に対する幻滅は、まさにジェイクが第一次世界大戦で経験したであろう熱狂と幻滅の「反復」であると言えよう。凄惨な死と暴力を戦争で目の当たりにし、伝統的な社会規範や宗教に意義を見出せなくなったジェイクは、パリやスペインの「阿片」的音楽で痛みを麻痺させるだけでなく、伝統的かつ宗教的なスペインの闘牛祭りに参加することで自身の内から失われた伝統や宗教への帰属意識を取り戻そうと試みたといえる。しかし皮肉なことに、ジェイクは牛追いでの空しく悲惨な事故を目撃することで、もはやかつてのように闘牛の死に意味や価値を見出せないほど、戦争によって自身の価値観が変化したことを再認識することになったのだ。

3．サン・セバスチャンの音——静寂のオーケストラ

闘牛祭りが終わった後、アメリカ人の友人たちとは違い、ジェイクはパリへ戻ることはない。ジェイクは「ビルと一緒にパリに行けばよかったと思った。パリがさらにフィエスタ的であることを除けば。しばらくの間、フィエスタはもうたくさんだった」（*SAR-HLE* 187）と感じており、フィエスタ、すなわ

ち闘牛祭りを思わせるパリの喧噪を避け、スペインの避暑地サン・セバスチャンへ赴く。行先にサン・セバスチャンを選ぶ理由として、ジェイクは「サン・セバスチャンは静かだろう」「木々の下ではバンドのコンサートがあるだろう」（*SAR-HLE* 186）と考え、静けさと木陰でのコンサートという喧噪と熱狂とは対極にある癒しを求めていることがうかがえる。サン・セバスチャンではジェイクは次のように「涼しさ」と「オーケストラ」の音楽を堪能する。

> 僕は涼しい通りをカフェ・マリナスまで歩いて行った。カフェの中ではオーケストラが演奏をしており、僕は外のテラスに座り、暑い日中の爽やかな涼しさを楽しみ、レモン・ジュースとかき氷、そして背の高いグラスでウィスキー&ソーダを飲んだ。（*SAR-HLE* 189）

次章で詳しく述べるが、ヘミングウェイの作品において「暑さ」「不潔さ」「湿気」は不道徳、不健康、性的情熱、戦争、病、死などを象徴する一方、「涼しさ」「清潔さ」「乾燥」「静けさ」といった言葉は道徳、健康、平和、生命を暗示するものとして使用される傾向がある。ジェイクはもはやパリの「暑い」夜の情熱的なジャズや、スペインの喧噪や祭りの音楽を求めてはいない。彼が安らぎを見出しているのは、「静か」（quiet）で「涼しい」（cool）サン・セバスチャンで聞くオーケストラのクラシック音楽である。このようなジェイクの嗜好の変化は、彼の価値観の変化を反映している。

小説の前半では、ジェイクは暑さの中、パリのジャズやスペインの祭りのにぎやかな音楽と退廃的な生活によって、戦争による心身の傷から目を背けようとする。さらに伝統と宗教に裏打ちされたスペインの闘牛祭りの音楽と踊りに身を任せ、人々の喧噪と一体となることで、自らの中から失われた伝統と宗教に対する信頼を回復しようとする。しかし、苦痛からの解放を求めて訪れた闘牛祭りにおいて、ジェイクはかつて戦争で目にしたのと同じ、無意味な暴力と死を目の当たりにすることとなる。死と暴力に満ちた闘牛に対する幻滅を通じて、ジェイクは戦争を再体験し、伝統や宗教に対する自己の認識の変化をついに受け入れるのである。サン・セバスチャンにおいて道徳や健康、平和や生命を象徴する「涼しさ」と「静けさ」を求め、アタリが「社会的規範」(Attali 30) を保持する機能を持つと指摘するクラシック音楽を好むようになるジェイクは、死や退廃ではなく生と規律の中に戦後の時代を生き抜く新たな道を見出そうとしているのではないだろうか(3)。

最終章におけるマドリードでのブレットとの再会は、ジェイクの変化を浮き彫りにするものである。サン・セバスチャンでの休養の途中、ジェイクはロメロと駆け落ちしたものの、結局別れたというブレットから電報で呼び出され、急遽マドリードへ向かうが、「涼しい」サン・セバスチャンの気候とは対照的に、マドリードは繰り返し「暑い」(hot) と描写される (*SAR-HLE* 193, 197, 198)。パンプローナやパリを想起させるマドリードの「暑さ」は、ブレットと再会することで再びジェイクが元の場所に回帰したかのような印象を読者に与える。しかし、マドリードにおける「音」の不在が、二人の関係性の変化を暗示する。

パンプローナの闘牛祭りが終わり、ジェイクが男友達とバイヨンヌのホテルのバーで飲んだ時ですら、「良いジャズ・バンドが演奏していた」（*SAR-HLE* 184）というように心地よいジャズの音楽が流れ、サン・セバスチャンではカフェでオーケストラの音楽が演奏されるが、マドリードのホテルのバーで執拗にロメロの話をしようとするブレットと、その話に興味を示さないジェイクとの間に、もはやパリのジャズのような情熱の音楽はない。

物語の最後で二人はパリでかつてそうしたようにタクシーに乗り込むが、そこでも雑踏や車の騒音すら描かれてはいない。「二人ならとても楽しい時間が過ごせたのに」と言うブレットに、「そう思うのも素敵じゃないか」（*SAR-HLE* 198）と返すジェイクのやり取りは、この小説を締めくくる有名なセリフであり、ジェイクの言葉をブレットへの変わらぬ愛と解釈するのか、二人の関係を過去のものとして清算した言葉と取るのかは常の議論の的であった。その曖昧さこそがこの結末の魅力でもあるが、これまでジェイクの感情の揺れに共鳴し、言葉にされない不安や喜びを映し出してきた音楽と音が結末では消え失せていることは、ジェイクがもはや情熱や不安を持ってブレットを求めているわけではないことを沈黙のうちに語っていると見なすこともできるだろう。

このように、本作における音楽や雑音、人々の喧噪を含む「音」の表象は、単なるリアリズムの描写を超え、具体的に描かれることのない過去の戦争を暗示し、ジェイクが語ることのない現在の感情や価値観の変化を示し、さらには未来に予感される彼の新たな規範と可能性を表すという重要な機能を持っている。しかしながら、ジェイクの、そしてヘミングウェイ自身の抱える神への不信と死への恐怖は完全に解決されたわけではない。本作の題名の由来である「日は昇り、日は沈み、あえぎ戻り、また沈む」（『旧約聖書』「コヘレトの言葉」第一章第四節~第五節）という聖書の一節が示すように、またヘミングウェイが反復の技法を学んだバッハの対位法のように、この葛藤はヘミングウェイがキューバの夜空に並ぶ星々に驚嘆し、鳥にクラシック音楽を教えようとした晩年に至るまで、繰り返し彼の作品の中で巡り続けることになる。

註

（1）デイヴィス、フィリップ『ある作家の生——バーナード・マラマッド伝』勝井伸子訳、英宝社、二〇一五年（デイヴィス 三四三–四四）

（2）「音」と戦争、そして記憶の関連性は、短編「身を横たえて」においても見られる。戦争に赴いたニック・アダムズは蚕が飼われている納屋で横たわるが、夜に爆弾で吹き飛ばされて以来、不眠症であると語り（CSS 276）、蚕の立てる「音」を聞きながら少年時代を回想し始めており（CSS 279）、「音」が過去の記憶を呼び覚ますものとして描かれている。

また、デブラ・モデルモグが指摘するように、夜中に部屋を訪ねてきたブレットの「声」を、ジェイクが娼婦ジョルジェットの「声」と聞き間違える場面では、ジェイクが無意識のうちにブレットを娼婦的な存在と認識していることを「声」を通じて描いているといえる（モデルモグ 一七四–七五）。

（3）ジェイクがサン・セバスチャンで水泳をしながら過ごす静かな日々は、水の中で自らの肉体を魂を清め、復活する兆しとして、しばしば「洗礼」になぞらえて解釈されてきた（Daiker 41-50; Stoneback, "From the Rue-Saint-Jacques" 2-29）。

第三章

情熱の受難者たち

――『武器よさらば』における「触覚」

はじめに

清潔で明るい場所。これはヘミングウェイの有名な短編小説の題名であるだけでなく、彼のさまざまな作品に共通するモチーフの一つでもあり、とりわけ『武器よさらば』において繰り返し現れるイメージである。[1] ヘミングウェイ作品における「清潔」さの意味を論じた新井哲男は、短編小説「清潔で明るい場所」を始め、『われらの時代』や『老人と海』などにおいて、「清潔な」(clean)「澄んだ」(clear)「涼しい」(cool) といった「清潔」さに関連する単語は、森や海といった自然や、理想の生き方と結びつけられ、反対に「不潔な」(dirty) や「埃っぽい」(dusty) といった「不潔」さに関わる言葉は、腐敗した人間社会と関連づけられていると指摘する（新井「ヘミングウェイにおける『清潔』な場所について」

四三―四九)。

確かに『武器よさらば』においても、「清潔」さを連想させる言葉は平和、道徳、自然などと関連し、「不潔」さを思わせる単語は、戦争、不道徳、死などに結びついている。フレデリック・ヘンリーとキャサリン・バークレーが行うイタリアの汚泥にまみれた戦場からスイスの冷涼な山への逃避行もまた、悪しき人間社会がもたらす戦争という「不潔」さから逃れ、平和で自然に満ちた「清潔」な場所を希求する行動であると読むことはできるだろう。

しかし、『武器よさらば』における「清潔」さに関連した表現は、自然のものだけでなく、食べ物や町の通りといった人間社会と密接に関係するものにも使用されており、「不潔」さに関わる言葉も、人間社会のみならず、雨や大地といった自然の事物とも関連づけられている。そして、フレデリックとキャサリンの行動もまた、単純に「不潔」さを退け、「清潔」さを求めるだけと言い切ることのできない、多様な要素を含んでいるように思われる。本論では『武器よさらば』において、一見明確に描かれているかに見える「清潔＝善きもの」、「不潔＝悪しきもの」という二項対立のゆらぎに注目し、フレデリックとキャサリンという恋人たちの情熱(passion)／受難のゆくえを探って行きたい。

1．不吉かつ不潔なる雨

『武器よさらば』全体を貫く「清潔＝平和、自然」と「不潔＝戦争、人間社会」という基本的な構図は、第一章からすでに描き込まれている。小説の冒頭では、夏の間、フレデリックがイタリア軍の一員として駐屯する村の川が「川床には小石や丸石があり、太陽のために白く乾いていた。水は澄んでおり、川筋を素早く、青く流れていた」（*FTA* 3）と表現される。「澄んだ」（clear）川で、川辺の石は太陽に乾かされて「乾いて」（dry）いる様子からは、健やかで平和な夏の雰囲気が伝わってくる。しかし、川の描写の直後、季節は夏から秋へと移り、山中の戦地へ向かう兵士たちが道を歩く様子が次のように描かれる。

家の前を部隊が進み、道を遠ざかって行った。彼らの巻き上げる埃が木々の葉に降りかかった。木の幹は埃にまみれ、その年は木の葉が落ちるのも早く、部隊が道を進むと埃が舞い上がり、風に揺れる葉が落ちる中を兵士たちが行進して、彼らの去った後にはただむき出しで白っぽくなり、木の葉だけが散らばるのを我々は見た。（*FTA* 3）

落葉そのものは季節の推移による自然現象であるが、兵士たちが舞い上げる「埃」（dust）のため、木々が「埃にまみれ」（dusty）、いつもより早く木の葉が落ちる、と書かれることで、一見自然と思われる秋の落葉は、澄んだ川や乾いた石といった「清潔」な自然が、人間のもたらす戦争という「不潔」さによって破壊される様を象徴する。

さらに、次に紹介する夏から秋への季節の移り変わりと、夜空に光る戦火の場面は、何気ない自然の風景を通じて、着々と迫り来る戦争の影を予感させる。

> 平野は作物が豊かに実った。たくさんの果樹があり、平野の向こうには茶色くむき出しの山があった。山では戦闘があり、夜には大砲の放つ閃光が見えた。闇中でそれは夏の稲妻のように見えたが、夜は涼しく、嵐が来るような気配はなかった。(*FTA* 3)

清潔さを連想させる「涼しい」(cool) という言葉や、秋の豊かな実りによって、ここではフレデリックの駐屯地がまだ戦争という嵐に汚されていない、平和で「清潔」な状態にあることを示している。しかし、戦闘が行われている山はすでに「茶色くむき出し」(brown and bare) になっていることから、美しい自然や農業を営む平和な生活が脅かされ始めていることを示唆する。

実際、すぐ後の場面において、山での戦局が悪化すると雨が降り始め、木々が葉を落とす様子が描かれる。

> その山でも戦闘があった。しかし、戦況は芳しくなかった。そして秋になって雨が降ると栗の木から葉が落ち、枝はむき出しになり、雨の中で幹は黒くなった。葡萄畑の葉もまばらになり、枝はむき出しになり、あらゆる大地が秋の中で湿って、茶色くなり、生気を失った。(*FTA* 4)

戦場である山が荒廃すると同様に、雨の訪れと共に豊穣の秋を迎えていた村にも戦争の破壊的な影響が及び始めることが落葉によって暗示されるのである。特に畑や木々が秋の雨によって葉を落とした様子が「生気を失った／死んだ」(dead) と表現されていることから、この戦争がもたらすものが栄光や勝利ではなく、「死」であることを読者に予感させる。

この雨の中を「泥だらけで濡れた」(*FTA* 4) 状態で行進する兵士たちは、重装備のため「あたかも妊娠六か月のよう」(*FTA* 4) と表現されるが、兵士と妊婦のイメージの関連は、出産によるキャサリンの死という結末を予言する役割を持つと解釈できる (Haytock 70; Young 92)。小説の中盤において、キャサリンが「雨の中で死んでいる自分が見えるから雨が怖いの」(*FTA* 126) と言って怯える場面を鑑みても、『武器よさらば』において雨と死が密接に結びつけられていることは確かであろう (Baker, *Hemingway: The Writer as Artist* 95, 106)。[2]

しかし、なぜ雨は死の象徴として描かれるのだろうか。秋の場面の後、「冬の始まりと共に長い雨が降り続き、雨と共にコレラがやってきた。だがそれは収束し、最終的にたった七千人の兵士が死んだだけだった」(*FTA* 4) という淡々とした記述によって第一章は幕を閉じる。冬の雨によってコレラが発生したというこの出来事は、一九一五年の冬にイタリア軍の間でコレラが蔓延したという歴史的事実に基づいたものである (Reynolds, *Hemingway's First War* 92-93)。しかし、伝染病としてのコレラの特性に注目すると、死の象徴としての雨の役割が一層明確になる。

汚染された水がコレラの原因であることは、一八五五年にイギリスの医師ジョン・スノウによって主張され、一八八四年のロベルト・コッホによるコレラ菌の発見により一般に認知されるようになる（酒井 七〇–七五、見市 一三四–三五、ジェッター 三一五–一六）。一九世紀後半には、それまで経験的に知られてきた、雨が降るとコレラが広まるという現象の仕組みが解明される。雨によって患者の排泄物などに潜むコレラ菌が河川に流れ込み、人々がその川の水を飲むことで、雨の後にコレラの被害が拡大するのである（Duffy, *The Sanitarians* 79、ダルモン 四六二–六四）。つまりコレラは「不潔」さによってもたらされ、雨によって広がる性質を持つ伝染病である。二〇世紀初期には一般的に認知されていた雨とコレラの結びつきがあるからこそ、リアリズムの観点からも、メタフィジカルな象徴性においても、雨は死をもたらす不吉な存在として描かれているといえるだろう。

ここでもう一度、第一章における雨の描かれ方に注意を向けてみたい。夏から冬にかけて降る雨は、一見、自然のサイクルの一部のようである。しかし、夏の夜の大砲の光が「夏の稲妻」に喩えられた直後、秋の雨で木の葉がすべて落ちるという場面が描かれ、さらに冬の長雨のためにコレラが発生する場面が続く。あたかも大砲の光が人工の稲妻となって雨をもたらし、その雨が木々や大地を不毛な状態へと変え、汚染された水を広げ、コレラを引き起こしたかのようである。雨がコレラを蔓延させる直接的な原因として描かれていること、その雨をもたらすのが「夏の稲妻」のような大砲の光、すなわち戦争の武器であるかのように描かれていることから、この小説において、雨は単なる自然現象であるだけでなく、象徴的な意味において、戦争という人間の行為が引き寄せた災いであるかのように描かれているのである。

2．きれいは汚い、汚いはきれい

「清潔＝平和、自然」と「不潔＝戦争、人間社会」の構図は『武器よさらば』全体に点在しているが、この「清潔」と「不潔」を思わせる表現は、単に物理的な衛生状態を表すだけでなく、信仰心や道徳性といった精神的「清潔」さや、戦争によって引き起こされる宗教的、道徳的堕落という精神的な「不潔」さを意味する言葉としても機能している。

イタリア軍の基地には売春宿があり、小説の前半ではフレデリックも他の将校たちと同様に売春宿に通っている様子が描かれる（*FTA* 6）。フレデリックの友人である軍医のリナルディは、売春宿ヴィラ・ロッサに行った次の朝、必死で歯磨きをするフレデリックの様子を、「歯からヴィラ・ロッサをこすり落とそうとしている」「自分の良心を歯ブラシで清めようとしている」（*FTA* 168）と述べる。つまり、歯磨きという物理的な汚れを洗い落とす行為が、売春宿に行くという不道徳な行為によってもたらされた精神的な汚れを洗い流す比喩とされているのだ。

この売春宿に通う将校たちは、物を考える人間はみな無神論者だと述べ、聖職者を冗談にして笑う、信仰心を持たない人間として描かれる（*FTA* 7-8）。彼らと対比するように、軍隊付きの神父の精神的「清潔」さが物理的な「清潔」さと共に強調される。神父はフレデリックに対し、休暇中に自分の故郷アブルッツィを訪れてほしいと言い、そこは「寒いけれど、空気は澄んで乾燥している」（*FTA* 9）と言う。結局フレデリックはイタリアの都市で女性たちと共に休暇を過ごすが、アブルッツィが「澄んで、冷たく、乾燥している」(*FTA* 13) こと、そこには農夫が帽子を取って「旦那様」(Lord) と呼びかけてくるような古い身分社会のしきたりが残っていること、狩りができる豊かな自然があることなどを想像し、本当はアブルッツィに行きたかったのだと神父に告げる。アブルッツィを描写する際に付与された「寒い」(cold)「澄んだ」(clear)「乾いた」(dry) という「清潔」さを連想させる形容詞は、戦場の「不潔」さと対照をなしているが、それは単にアブルッツィの気候風土を表すだけでなく、神父を含め、その土地の人間が持つ古い社会規範に基づく道徳心や信仰心といった精神的な「清潔」さを強調している。

この物理的かつ精神的な「清潔」と「不潔」の間で揺れ動くフレデリックの行動の推移こそが、この小説の主要プロットの一つだといえるだろう。例えば、第一部でフレデリックが赴く前線の気候は、「暑い」(hot)、「汚い」(dirty)、そして「埃っぽい」(dusty) 場所であると繰り返し表現される (*FTA* 23, 33)。その一方で、第二部において負傷したフレデリックが入院するミラノの病院は、「涼しく」(cool)「清潔」(clean) であると言及される (*FTA* 83-86)。「不潔」な戦場から離れた「清潔」な病院においてフレデリックは看護師の助手を務めていたキャサリンと恋に落ち、やがて二人は戦争から逃れて「清潔」(clean) で「寒く」(cold)、空気の「澄んだ」(clear) 土地であるスイスへと亡命を果たす (*FTA* 277-78)。

このように物語のプロットを表面的に追うならば、フレデリックとキャサリンの行動は一貫して「不潔」さを避け、「清潔」さを追い求めるものである。しかし、この「清潔」対「不潔」の図式は、象徴的な次元になると揺らぎが生じる。

例えば「暑い」(hot) という形容詞は、この小説において「汚い」(dirty) や「埃っぽい」(dusty) と同様に「不潔」さを表すものであるが、フレデリックはキャサリンと愛し合う夜を夢想する際、次の場面のように「暑い」という表現を用いる。「僕たちは共にカプリを飲み、扉には鍵がかかっており、シーツと夜だけがあり、ミラノの暑い夜の中で一晩中僕らは愛し合うのだ」(*FTA* 38)。この場面では、これまで「不潔」さの一つであった「暑い」(hot) という表現が、キャサリンとの恋愛関係における「熱い」(hot) 情熱に置き換えられ、魅惑的なものとされている。

小説の後半では、雨の中を退却するイタリア軍の中でフレデリックは「僕の愛しのキャサリン。夜の雨と共に下りてくる僕の愛らしいキャサリン。僕のもとへ降り注げ」(*FTA* 197) というように、空から自分のもとへ降ってくる雨にキャサリンの姿を重ね合わせる。これまで戦争と病による死を暗示する「不潔」なものとして扱われていた雨は、キャサリンとの恋愛を通して、にわかにその意味合いを「不潔」から情熱へと大きく変化させるのだ。

さらにフレデリックが退却中のイタリア軍から脱走し、貨物列車に潜り込んでキャサリンの待つミラノへ向かう際、積荷である銃が「油とグリースの清潔な匂いを放っていた」(*FTA* 230) と述べる。「戦争=不潔」という定型に反して、ここでは戦争の武器である銃が「清潔」な匂いを放つと表現される。貨物列車がフレデリックを戦場からキャサリンのもとへ運ぶ役割を果たすがゆえに、フレデリックは通常戦争という「不潔」さと象徴的に結びつくはずの銃に「清潔」さという肯定的な意味合いを見出しているのではないだろうか。

このような「清潔」と「不潔」のイメージの変化は、一体何を意味しているのか。キャサリンは「清潔」を司る場所である病院に勤務し、フレデリック以外には男性との肉体関係を持ったことのない性的に「清潔」な女性である。さらにキャサリンとの恋愛がフレデリックを戦争から遠ざける役割を果たしていることを踏まえると、彼女は平和という「清潔」さに属する存在であるといえる。したがって、「不潔」であった雨や暑さや銃でさえ、キャサリンと結びつけられることによって、フレデリックの中で「清潔」なものへ浄化されると考えることもできよう。

しかし、キャサリンが想起させるものは「清潔」さのみではない。彼女の中にもまた「清潔」と「不潔」の混在がある。すなわち、性を売る道徳的な「不潔」さに加え、梅毒の保菌者という物理的な「不潔」さを伴って描かれる娼婦のイメージが、精神的にも肉体的にも「清潔」であるはずのキャサリンに付与されるのである。

フレデリックはキャサリンと出会った当初、彼女と付き合うのは、売春宿に行くよりはましだからであり、彼女を愛しているわけではないと述べる（*FTA* 30)。フレデリックにとって、彼女は娼婦の代わりであったのだ。その後、フレデリックは爆撃で負傷し、病院で彼女と再会するが、入院中、彼はしきりに彼女に肉体関係を求める。その際キャサリンは「彼女（娼婦）は男性が言って欲しがることを言うのでしょう？」「私はあなたが望むことを言い、あなたが望むことをするわ。そうすれば、あなたはもう他の女の子は欲しくないでしょう？」（*FTA* 105）と言う。自ら娼婦の身代わりとなることを宣言するかのようなキャサリンに対し、フレデリックはさっそく自分のベッドに来るように言い、肉体的な奉仕を求める。

フレデリックがキャサリンを娼婦の代用とする理由として、娼婦の持つ物理的かつ道徳的「不潔」さが挙げられよう。第一次世界大戦当時、娼婦と交わることは梅毒に感染する危険と隣り合わせであると考えられていたが、一九一八年にカムストック法が廃止されるまで、アメリカではコンドームは不道徳な製品として使用が禁止されていた。そのため、娼婦と性行為を行わないことが、法律に違反せず梅毒の感染を避ける唯一の方法であったのだ（Collier 183-84）。

また、一九世紀のヴィクトリア朝的アメリカでは、性行為は生殖のために行うものであり、肉体的な快楽を目的とした性行為は不道徳なものとされていた（Seidman 78）。前述したように、売春宿に行った後に歯ブラシで良心を洗い清めようとするフレデリックが、このような伝統的な性道徳を意識していたことは確かである。彼はキャサリンを性の対象とすることで、娼婦の物理的「不潔」さだけでなく、売春宿に行くたびに彼を苛む精神的「不潔」さを無意識の内に回避しようとしたのではないだろうか。

しかし、物理的かつ道徳的「不潔」さを退けるため、キャサリンを娼婦の代用としたフレデリックの行動は根本的な矛盾をはらむこととなる。なぜなら生殖を目的としない快楽のための性行為を行うという点で、キャサリンと肉体関係を持つことは伝統的な性道徳の規範から逸脱した、道徳的に「不潔」な行為となるからである。それにもかかわらず、フレデリックはキャサリンとの快楽のための性行為を積極的に求め、娼婦と同じように彼の望みどおりにしたいという彼女を「愛おしい」、「可愛い」と呼ぶ（*FTA* 106）。

キャサリンもまた、フレデリックとの行為が持つ不道徳な側面を認識しつつ、彼の求めに応じようとする。例えば、フレデリックと夜を過ごす際、ホテルの部屋が赤いビロードとたくさんの鏡で飾られているのを見て、キャサリンは最初は「娼婦みたいな気持ちになったのは生まれて初めてだわ」(*FTA* 152)と言い、派手な装飾がほどこされた、いわゆるラブ・ホテルでフレデリックと夜を過ごす自分の立場を、娼婦のそれと重ね合わせて気落ちした様子を見せる。しかし、彼女はすぐに「悪徳って素晴らしいものね」(*FTA* 153)と述べ、赤いビロードや鏡も「魅力的」だと褒め、さらには「本当に罪深いことをしてみたい」(*FTA* 153)と言う。単にフレデリックの機嫌を取るためだとしても、二人の関係を「悪徳」(vice)や「罪深い」(sinful)といった不道徳なものと認識した上で、それを魅力的と呼んでいるのだ。

このような二人の行為の背後には、第一次世界大戦に起因する伝統的な価値観や宗教観の崩壊が存在していよう。アルフレッド・キンゼイが行ったアメリカ人の性についての調査、いわゆるキンゼイ報告によれば、第一次世界大戦を機に、アメリカでは伝統的に不道徳とされてきた婚前交渉が行われる割合が、女性の場合は一四パーセントから三六パーセントに増加し、男性は売春宿に行く度数が半減した分、一般女性との婚前交渉の割合が増加したのだという(Kinsey, *Male* 411-12; *Female* 298-99)。この要因として、キンゼイはアメリカ人兵士やアメリカ人看護師が戦地であるヨーロッパで受けた性に関わる文化的影響を挙げ、戦後のアメリカに性に対する開放的な認識が広まったと指摘する(Kinsey, *Female* 299-300)。

フレデリック・アレンも一九二〇年代の風俗を記した『オンリー・イエスタデイ』(*Only Yesterday*, 1931)において同様の見解を示しており、兵士たちは戦場において不安定な状態にある精神を守る手段として、興奮と情熱を求め、新たな性のあり方を受容したと述べている（Allen 78）。フレデリックとキャサリンの置かれている状況は、まさにキンゼイやアレンが指摘する、ヨーロッパの戦地におけるアメリカ人の性意識の反映そのものであるといえよう。

小説の前半においてフレデリックが売春宿に通っていることもまた、アレンが指摘するようなヨーロッパの戦地で売春婦がアメリカ人の道徳を脅かした状況を如実に反映していると言える（Allen 78）。だが、フレデリックとキャサリンが戦争において失ったものは、性にまつわる道徳観だけではない。フレデリックは戦場で爆撃を受けた際、聖母マリアに救いを求めながら凄惨な死を迎える兵士を目の当たりにし、自らも重症を負う（*FTA* 55-56）。この出来事はもともと信心深いとは言えないフレデリックが、より一層神への信頼を失う要因となったと思われる。

戦場で恐るべき経験をする前のフレデリックは、表立って神への不信感を表明することはない。軍隊で神や神父を冒瀆する話題が飛び交う時も、神については沈黙を守り、神父には微笑みかけることで無言の共感を示しさえする（*FTA* 8）。しかし、戦場で負傷した後は、彼を見舞いに来た神父に対し、自分は神をまったく愛していない、と明言する（*FTA* 72）。神に祈りながらも苦痛と恐怖に苛まれて死ぬ兵士を目撃したことで、神が人間を苦痛や死から救済しないという現実に直面し、これまでわずかながらも存在していた神への信頼が大きく損なわれたことが分かる。

キャサリンもまたフレデリックと同様に、戦争を体験したことでこれまでの価値観が揺るがされ、戦争に対して抱いていたロマンチックな幻想が破壊されたことが語られる。フレデリックと出会う一年前にキャサリンは婚約者を戦争で失っているが、彼女は婚約者がサーベルなどでちょっとした切り傷を負って、自分の勤める病院に運ばれてくるのではと期待して看護師の助手に志願したと言う。しかし、「彼はサーベルの切り傷なんか負わなかった。ばらばらに吹き飛ばされてしまったわ」（*FTA* 20）という彼女の言葉からは、婚約者の無残な死に方のみならず、サーベルによる古典的な戦闘に象徴される伝統的かつどこか夢見がちな戦争への認識が、爆弾やマシンガンを中心とした第一次世界大戦において粉々に破壊されたことが窺える。

爆撃を受けたフレデリックは、入院中にもかかわらずキャサリンとの肉体関係を強く求め、キャサリンもまた病院で行為に及ぶことの不道徳さを意識しながらも、これまでは退けてきたフレデリックからの性的な誘いに積極的に応じようとする（*FTA* 91-92）。チャールズ・グリックスバーグは、戦争での無秩序かつ残酷な死を目の当たりにし、旧来の秩序や倫理への信頼を失ったフレデリックのような主人公が唯一確かなものとして求めるのは肉体であり、感覚であると指摘する（Glicksberg 70）。一見するとフレデリックとキャサリンの行動は即物的で不道徳にも思えるが、悲惨な戦争体験によって神とその教えに基づく社会規範への信頼を失った二人にとって、旧来の性道徳では不道徳とされた肉体的、感覚的な性愛を中心とした関係を求めることは、心身に刻まれた肉体的、精神的傷跡を塞ぐための代替行為であるといえるだろう。

フレデリックが暑さや雨をキャサリンと結びつけて魅力的だと述べる理由は、単に暑さや雨が象徴する「不潔」さが彼女の「清潔」さによって浄化されるためだけでなく、伝統的な価値観や道徳観においいて「不潔」とされるものこそが、戦争体験によって従来の道徳観への信頼を失ったフレデリックが、唯一確かなものとして求める、肉体や官能と結びついている点にもあるのだ。

3．情熱の受難

「清潔」さの背後に「不潔」さの影を忍ばせているのはキャサリンだけではない。「不潔」な戦争から逃れ、「清潔」で平和な生活へと向かうかに見えるフレデリックとキャサリンの逃避行の裏にもまた、魅力を秘めた「不潔」さを見出すことができる。二人が行き着く「清潔」（*FTA* 277-78）で「冷たく澄んだ」（*FTA* 291）風が吹くスイスの山は、「寒いけれど、空気は澄んで乾燥している」（*FTA* 9）と描写される神父の故郷アブルッツィを連想させ、二人が戦争という「不潔」さに背を向け、神父の故郷のような、物理的にも道徳的にも「清潔」な土地に到達したかに見える。

しかし、故郷を愛し、フレデリックに自分の家族と会ってもらいたいと言う神父とは対照的に、フレデリックは喧嘩を繰り返したため家族とは疎遠であり（*FTA* 304）、フレデリックとキャサリンもお互いに相手が自分の父親と顔を合わせる必要はないと言う（*FTA* 154）。ここには恋人を家族に紹介し、その一員として迎え入れる伝統的な結婚のあり方を退けようとする姿勢が読み取れる。

さらに、アブルッツィでは人が神を愛することは当然のことと思われている、と神父は言うが（*FTA* 72）、スイスの山に至る以前も、それ以後も、二人が神父のような信仰心を持つことはない。フレデリックは自分は神をまったく愛していないと神父に告げ（*FTA* 72）、キャサリンは病院で氏名や宗教について問われた際、「無宗教」（*FTA* 313）と答えている。さらにキャサリンはフレデリックに「あなたこそ私の信仰よ」（*FTA* 116）と言い、キリスト教に代わるものとして、フレデリックという個人を自らの帰属先として名指している。

それでは、信仰を持たず集団社会からも離脱する二人のスイスへの逃避行は、彼らが宗教や社会規範のしがらみから逃れる自由への旅路となるのだろうか。残念ながら、神の影からは容易く逃れることはできないことが次第に明らかになる。

ボートを漕いでスイスへ密入国を果たした二人は馬車でホテルに向かう。馬車の中でキャサリンは一晩中手漕ぎボートを漕いだフレデリックに手を見せて欲しいと言い、二人は次のような会話を交わす。


「僕の脇腹に穴はあいてないけれどね」

「そんな畏れ多いことを言ってはだめ」

僕はとても疲れており、頭もぼんやりしていた。興奮はすっかり消えてしまった。馬車は通りを進んでいた。

「かわいそうな手」キャサリンが言った。

「触らないでくれ」と僕は言った。（*FTA* 284-85）

「僕の脇腹に穴はあいてないけれどね」というフレデリックのこの言葉は、十字架にかけられ槍で突かれたキリストの脇腹の傷を念頭に置いたものであると思われる。つまりフレデリックは、キリストのように脇腹の穴は開いていないが、自分のすりむけた手は釘を打たれたキリストの手のように穴が開いているかのようだ、と間接的に語っている。この言葉には、キリスト教に幻滅したフレデリックにとって、もはや畏怖すべき存在ではないキリストを冗談の種にしようとする意図と、人類の罪のために犠牲となったキリストのように、自分はキャサリンとの愛に殉じて犠牲を払っているという自負が同時に含意されていると考えられる。

しかし、フレデリックの高揚した気分は、「そんな畏れ多いことを言ってはだめ」というキャサリンの言葉で水を差され、神という存在が未だに無視できない重みを持つことが再認識される。

さらに興味深いのは、キャサリンの手を拒絶するフレデリックの放つ「触らないでくれ」(Don't touch them) という言葉である。この言葉は『新約聖書』において十字架の上での死から復活したイエス・キリストが彼に触れようとするマグダラのマリアに対して述べた「私に触れるな」(「ヨハネによる福音書」第二〇章第一七節) という有名な言葉を想起させる。この一節はラテン語の「ノリ・メ・タンゲレ」(Noli me tangere) という表現でも知られ、フラ・アンジェリコのフレスコ画を始め、多くの絵画の題材ともなった。直訳すれば“Don't touch me”となり、フレデリックの言葉との類似性は明らかである。一般的に、イエス・キリストのこの言葉は、これから天へ昇ろうとする自分をマグダラのマリアが「触れる」ことで引き留めようとするのを遮るものであると解釈できる。フランスの哲学者ジャン＝リュック・ナンシーは、この一節の「触れる」という行為の持つ官能性、身体性、現実性がキリストの復活という霊的な行為を妨げることを指摘する（ナンシー二七）。

フレデリックの場合もまた、傷ついた彼の手を慰撫しようとするキャサリンの恋人としての官能的な接触をあえて拒絶する。この行為は表面的にはフレデリックの興奮を冷静な言葉でいさめたキャサリンに対する不機嫌さの発露とも取れるが、一方でスイスへの亡命を達成したということは、彼らが死に満ちた戦場を離れ、「復活」を遂げる可能性を示唆しているとも取れる。いずれにせよ、この場面はもはや神を信じていないと明言する二人の中にも、神への畏怖や、聖書の言葉が消すことのできない刻印のように深く刻まれていることを印象付けるものである。

しかし、自らをイエス・キリストになぞらえ、不滅の魂を得る復活を思わせる発言をしたフレデリックに対し、「神」は悲劇的な結末を与える。フレデリックとの快楽を目的とした性行為によってキャサリンが予期せずして妊娠した赤ん坊の出産は、雨と共に始まり、長時間に渡ってキャサリンに大きな苦痛を与える。彼女の死を予感したフレデリックは、「これが二人が寝たことの代償なのだ」「ついに彼らは彼女を捕まえたのだ」（*FTA* 320）と呟く。「彼ら」（they）が具体的に誰を指すのかは明示されないが、スコット・ドナルドソンが「彼やキャサリンと敵対する「世界」」（Donaldson 66）と述べるように、キャサリンを捕えた「彼ら」とは、二人がこれまで逃れ続けてきた軍隊、病院、家族、宗教といった社会全体を意味していると言えよう。

その後、キャサリンの自然分娩が困難だと判断した医師は帝王切開を試みるが、赤ん坊はすでに死亡していたことが明らかとなる。手術の後、死んだように横たわるキャサリンを見て、フレデリックはその光景が「異端審問の絵」(*FTA* 325) のようだと述べる。手術台に横たわるキャサリンの姿を異端審問の罪人に喩え、彼女の死を二人が集団社会の規範に背いて愛し合ったことの「代償」(price) と考えるフレデリックの意識の中に、人智を超えた神の存在とその教えに基づく道徳観とが依然として留まり続けているのである。

ここで重要なのは、伝統的なキリスト教の道徳と不道徳の観念が、医学における「清潔」と「不潔」の観念に置き換えられている点である。すでに述べたように、第一章における兵士たちの死は、最終章において訪れるキャサリンの死を暗示しているが、ここで注目したいのは、七千人もの兵士が死亡した原因が戦闘ではなくコレラだという点である。中世ヨーロッパにおいて、ペストが神によって与えられた罰という宗教的意味合いが強く意識されていたのに対し、一九世紀から二〇世紀には医学の急速な発展に伴い、コレラは衛生環境の悪さによって引き起こされる物理的「不潔」に起因する病として認識された（見市　二四八)。しかし、『武器よさらば』においては「不潔な」「埃っぽい」「暑い」「湿った」といった言葉が単に物理的「不潔」さを意味するだけでなく、戦争や死、さらには不道徳や不信心といった精神的「不潔」さという意味を伴って描かれている。大砲という戦争の道具が放つ「夏の稲妻」のような光によってもたらされた雨によって発生し、兵士たちを死に至らしめるコレラには、戦場の「不潔」な環境に起因する病というだけでなく、戦争という行為の持つ道徳上の「不潔」さに対して与えられた天罰としての意味合いもまた含まれていると考えられる。

フレデリックの友人である軍医リナルディが小説の後半で感染の疑いに苛まれる梅毒もまた、保菌者である娼婦の物理的な「不潔」さのためだけでなく、性行為は子どもを産むためにのみ行うというキリスト教的規範に反する、道徳的「不潔」さに与えられた天罰と見なされていた（高野『引き裂かれた身体』二〇四-〇五）。すなわち、生殖を目的としない性行為によってキャサリンにもたらされた妊娠と出産における死には、娼婦との性行為が引き起こす梅毒による死と同様に、性や結婚にまつわるキリスト教的社会規範からの逸脱という道徳的「不潔」さに対して下された神罰という側面も付与されているのだ。

第一次世界大戦によって旧来の価値観や宗教への信頼が崩壊した後も、フレデリックとキャサリンは伝統的な社会規範から解き放たれたわけではない。それは神の教えに基づく道徳観を基盤としながらも、医学における「清潔」と「不潔」という新たな装いをまとい、教会ではなく病院を「異端審問」の場として存続する。キャサリンの死は宗教から医学へと姿を変えて残り続ける古い社会規範と、それに反する新たな価値観との摩擦の中で燃え尽きた、二人の情熱の受難（パッション）でもあるのだ。

しかしながら皮肉にも、キャサリンに死の罰をもたらした快楽を目的とした性愛は、スティーヴン・サイードマンによれば、一九二〇年代以降、男女を結び付ける強い要因として認識され、結婚を維持するための重要な要素と見なされるようになる（Seidman 82）。さらにフレデリック・アレンが述べるように、一九二〇年代のアメリカにおいて広く流布したフロイトやユングの精神分析学的知識によって、解放的な性生活は健全な身体や精神の維持にとって必要不可欠なものとして認識されるようになる（Allen 81-82）。すなわち、快楽を伴った性は、第一次世界大戦の後、精神と身体を汚す「不潔」から、精神と身体の双方を健やかに保つ「清潔」へと、その意味を変化させることになる。

一九一五年から一八年を舞台とする『武器よさらば』において、大戦によって破壊されたかに見えたキリスト教的道徳が、医学的「清潔」と「不潔」に姿を変えて存続するように、一九二〇年以降、結婚制度や集団社会を支える伝統的な社会規範は、かつては「不潔」とされた性愛における快楽の中にも、なお形を変えて存在し続けるのだ。

この長編作品を発表した後、あたかも荒野でのキリストの四〇日の断食のごとく、ヘミングウェイは一〇年以上も続く文学上の不毛の時期に突入する。しかし、そのスランプの間にもヘミングウェイは文学史に残る優れた短編小説を残している。次章で考察する「キリマンジャロの雪」では「触覚」のみならず「匂い」を通じて「清潔」と「不潔」のモチーフがさらに明瞭に描かれ、「清潔＝善」「不潔＝悪」という古典的価値観の転覆が、迫りくる死とスランプに苦しむ作家を通じて描かれる。そして、スランプを抜けたとされる中期の代表作『誰がために鐘は鳴る』において、「清潔」と「不潔」の表象は「匂い」という媒介を通して物語全体を動かす重要な要素として機能し始める。

註

（1）マイケル・レノルズは『武器よさらば』が他のヘミングウェイ作品と共有しているパターンの一つとして、「清潔で明るい場所」というモチーフを挙げているが、レノルズ自身はこのモチーフについて具体的な考察を行ってはおらず、ヘミングウェイの諸作品に見られるこのような共通のモチーフを同一のものとして扱うことで、作品解釈の幅が狭まる危険性を指摘するに留まっている（Reynolds, *Hemingway's First War* 260）。

（2）フィリップ・ヤングはこの小説における死や災いの予兆としての雨を、登場人物の感情を周囲の自然などに付与する「感傷的誤謬」（pathetic fallacy）であると述べ、科学的、哲学的解釈を施す必要はないと結論付けている（Young 92）。レノルズはフレデリックが前線に戻る前にキャサリンと過ごすミラノの夜に降る雨は、雨の中でのイタリア軍退却という不吉な未来を予言する意味があると指摘する（Reynolds, *Hemingway's First War* 243）。

第四章

不毛な清潔、豊穣なる不潔

――「キリマンジャロの雪」における「匂い」

はじめに

医師の息子として生を受け、赤十字傷病兵運搬車の運転手として第一次世界大戦で悲惨な死の現場を目の当たりにし、自身も爆撃によって重傷を負ったヘミングウェイは、生涯にわたって人間の生と死を描き続けたが、そこで重要な役割を担っているのが「清潔」と「不潔」のモチーフである。ヘミングウェイの作品において、「清潔」と「不潔」にまつわる描写は単に登場人物の置かれた状況を説明するだけでなく、物語の結末の予兆となり、さらには語り手の直接語られることのない感情や価値観を代弁するものとしても機能している。

前章で『武器よさらば』を中心に考察したように、ヘミングウェイ作品の主人公たちは基本的に死を象徴する「不潔」さを遠ざけ、生を求めるために「清潔」さを追い求める傾向にある。しかし、この「清潔」と「不潔」の図式は決して固定されたものではない。『武器よさらば』では「不潔」な状況を性愛の魅力と結び付けることで、道徳的な「清潔」さを称揚する社会規範から脱却しようとする恋人たちの逃避行が描かれた。

一九二九年に出版された『武器よさらば』と、一九四〇年に出版され、ゲーリー・クーパーとイングリッド・バーグマン出演の映画版でも有名な『誰がために鐘は鳴る』という二つの代表的長編の間に、ヘミングウェイは一〇年以上もの長いスランプ状態にあったといわれている。しかし、良質な長編小説を書くことができないというスランプの時期でありながら、一九三六年に雑誌『エスクワィア』に発表された「キリマンジャロの雪」はヘミングウェイの短編の中でも特に名作として評価されており、ヘミングウェイがスランプを脱して『誰がために鐘は鳴る』という代表作を書くための試行錯誤が見て取れることからも、注目に値する作品であるといえる。

アフリカでの狩猟中に怪我をし、脚の壊疽によって悪臭に包まれながら死に至る主人公ハリーの状況を見れば、「不潔＝死」という連想は容易である。しかし、作家であるハリーの回想の中に去来する清潔と不潔、生命と死、道徳と不道徳といったイメージは、単なる「清潔＝道徳・生命」「不潔＝不道徳・死」という公式を覆すものである。本作において最も注目すべきは、この「清潔」と「不潔」の意味のゆらぎと逆転である。また、ハリーの傷にまつわる「匂い」の描写とその象徴的な役割は、次章で考察する『誰がために鐘は鳴る』における「匂い」の描かれ方と深いかかわりを持っている。

そこで本章では「キリマンジャロの雪」における「匂い」の描写を手掛かりに、一見単純で図式的な二項対立のように思われがちな「清潔」と「不潔」、生と死というモチーフが、停滞に苦しむ作家の物語が展開するにつれ逆説的に交錯して行く様を読み取って行きたい。

1．汚濁と消毒――対立する夫婦

本作ではサファリで脚を負傷した主人公ハリーを取り巻く「不潔」さと、妻のヘレンにまつわる「清潔」なイメージが冒頭の段階から対比的に描かれている。この対比は、二人の夫婦関係が理解や慈愛に満ちたものではなく、癒し難い不和の状態にあることを示唆する。

ハリーは壊疽を起こした自分の足について、「この匂いの事はすまないと思ってるんだ。これは嫌なもんだろう」（CSS 39）と述べ、傷から漂う悪臭を気にしている。そして、「奴らが集まってくるのはこの見た目のせいかな。それとも匂いのせいかな？」（CSS 39）と述べ、横たわっている自分の弱弱しい姿に、あるいは壊疽を起こした脚の「匂い」に惹きつけられてハイエナやハゲワシといった死肉をあさる動物たちが集まってきているのではとハリーは考える。ハゲワシは「大きな、汚れた鳥」（CSS 40）、ハイエナは「汚れた動物」（CSS 47）として、「汚れた」（filthy）動物であると繰り返し言及されており、ハリーはまさに「不潔」さに取り巻かれた状態にある。そもそもハリーの脚の壊疽は、「膝を棘で引っ掻いた際にヨードチンキを塗るのを怠ったため」（CSS 41）引き起こされたものである。すなわち、消毒の不完全さによって傷口が腐敗菌に感染するという「不潔」さがもたらした傷なのである。「不潔」さに囲まれたハリーとは対照的に、妻ヘレンは「清潔」さと関連づけて描写される。サバンナでの狩りから戻ったヘレンに対し、病床に横たわるハリーは「モスキート・ブーツをはいた方がいい」(*CSS* 47) と声をかける。モスキート・ブーツとはマラリアを媒介する蚊を防ぐための革製のロングブーツであり、二〇世紀初頭のアフリカ旅行の際には必需品とされた製品である。つまり、脚の怪我から細菌に感染し、壊疽を起こした夫とは対照的に、ヘレンは自らの脚を感染から守る「清潔」な装備を持っているのである。

さらに、モスキート・ブーツをはくようにと言うハリーに対し、ヘレンが「入浴してからにするわ」(*CSS* 47) と答えていることから、彼女はサバンナでのキャンプの最中であるにもかかわらず、「入浴」を行っていることがわかる。ヘミングウェイのアフリカ旅行記である『アフリカの緑の丘』(*Green Hills of Africa*, 1935) においても、サバンナでの入浴の様子が描かれているが、キャンバス地の浴槽にはったお湯が冷めないうちに早く風呂に入ってくれと、使用人に繰り返しせっつかれていることからも、サファリの最中に湯を沸かし、入浴することが大変な作業であることがうかがえる (*GHOA* 48)。怪我をしたハリーが服を着替えただけであるのに対し、入浴を行うヘレンの行動は、夫を壊疽で苦しめるアフリカの「不潔」さから身を守るようであり、また都市の生活スタイルを維持しようとする行動とも取れる。

実際、ヘレンはハリーに対し、「こんなところ来なければよかった」「パリにいればあなたもこんなことにはならなかったはずだし。パリが好きだっていつも言ってたじゃない」「もし狩りがしたいならハンガリーで狩りをして快適に過ごせたじゃない」（CSS 41）と不満を述べており、彼女が野性的なアフリカよりも清潔なヨーロッパの都市を好んでいることがわかる。さらに、ヘレンが眠りながら、ロングアイランドの家で娘の社交界デビューの用意をしている夢を見ている様が描かれていることからも、彼女が本質的にアフリカの自然よりも、欧米の都市生活を求めていることは明白である（CSS 56）。アフリカの「不潔」さがもたらす壊疽に苦しむハリーに対し、表面的には気遣う様子を見せながらも、その実、自分だけは入浴によって都市的な「清潔」さを保とうとするヘレンの態度には、二人の間の価値観の違いや、夫婦関係の亀裂が読み取れる。

2．不毛なる「清潔」と豊穣なる「不潔」

ヘレンが象徴する「清潔」さは、一見すれば健康で幸福な生活をもたらすもののように思える。しかし、作家としてスランプに悩むハリーにとって、彼女が好む「清潔」な都市生活こそが、彼から作家としての才能を枯渇させた諸悪の根源なのである。ハリーは自身の創作能力が衰えた理由は自分の怠慢のせいであると自覚した上で、「この裕福なあばずれ。親切な世話人であると同時に彼の才能の破壊者」（CSS 45）というように、財産を持ったヘレンとの裕福な生活が彼の作家としての能力を鈍らせ、破壊したと考える。そして、はじめは小説の題材にしようとしていた富裕層の生活も、「金持ちたちは退屈で、酔っ払いか、バックギャモンで遊んでばかりだった。彼らは退屈で同じことばかり繰り返していた」（CSS 53）ため、最終的には創作意欲を失い、安楽な暮らしに甘んじて何も書かなくなってしまう。いわば、ヘレンが代表するアメリカやヨーロッパの都市での裕福な生活は、傷口が壊死するような物理的な「不潔」さは持たないものの、その平穏な「退屈」（dull）さはハリーの作家としての才能を「鈍らせ」（dull）、何も生み出すことのない不毛な「清潔」さであり、作家としてのハリーの創造性を壊死させてきたのだ。

この裕福な妻と彼女に養われる作家の夫という図式は、現実におけるヘミングウェイの夫婦関係にも当てはまる。ヘミングウェイの二番目の妻ポーリーン・ファイファーは資産家の娘であり、『ヴァニティーフェア』誌のファッション担当記者やパリ版『ヴォーグ』の編集アシスタントとして華やかな生活を送り、結婚後も叔父ガス・ファイファーの経済的援助により、フロリダ州キーウェストの自邸に二万ドルものプールを設置したり、アフリカ旅行の費用を用立ててもらうことで、セレブリティらしい華美な生活を送ることができた。しかし「キリマンジャロの雪」が発表される一九三六年にヘミングウェイはジャーナリストのマーサ・ゲルホーンと出会い、一九四〇年にポーリーンと離婚し、マーサと三度目の結婚を果たす（今村、島村 六一二‐一二）。

カーロス・ベイカーはポーリーンとの決別の理由として、彼女が裕福であったことへの劣等感と、性生活の不一致を挙げている。ポーリーンは最初の出産で長時間の陣痛に苦しんだのち、帝王切開を受け、医者から次の妊娠・出産は命の危険があると警告されるが、熱心なカトリック教徒である彼女は避妊には否定的であり、結果としてヘミングウェイに禁欲を求めたことが、二人の不仲の原因だと考えられる（Baker, *A Life Story* 355）。

すなわち、伝記的な観点から見れば、自分よりも多くの資産を持つ妻への嫉妬の念と、禁欲という「清潔」さを求めてくるポーリーンへの不満が、「キリマンジャロの雪」における不毛な「清潔」さの象徴としてのヘレンを形作ったといえるのだ。

カール・エビイが指摘するように、ハリーの脚の壊疽という下半身の負傷は、彼が身体的にも精神的にも去勢された状態にあることを示唆している（Eby 55-56）。このような「清潔」な去勢状態から脱却しようとするように、病床でハリーが回想する、いつか小説にしようとあたためてきた過去の記憶は、死、戦争、不道徳に満ちた「不潔」さの記録である[1]。

回想は大きく三つに分けることができる。第一の回想では雪と死にまつわる思い出が描かれる。雪は降っていないという誤った情報によって、多くの人々が雪山を進んで死亡した出来事が語られ、さらに雪の中を血まみれになって逃げてきた脱走兵が助けを求めたこと、そしてクリスマスに休暇で故郷に帰るオーストリアの軍人を飛行機から機関銃で撃った男が仲間から「お前は人でなしだ」、と責められたことが次々と回想される（CSS 42）。白く冷たい雪という「清潔」さを連想させる風景を背景とすることで、戦争と死の血みどろの「不潔」さがより鮮明に浮かび上がる。

第二の回想ではハリーが不倫相手の恋人とパリで喧嘩をしたあと、一人でコンスタンチノープルへ行き、そこで幾人もの娼婦と過ごし、寂しさを紛らわせたことが語られる。そして、列車でパリに戻る道中、ハリーはギリシャ軍とトルコ軍の戦闘を目撃するが、そこであまりに悲惨な戦場を目の当たりにしたため、パリに戻ってからもその時の出来事を小説に書くことも口にすることもできないほどの衝撃を受ける（CSS 48-49）。不倫相手や娼婦と性的関係を持つという道徳的「不潔」さと、戦場での殺戮という人道的な「不潔」さが等しく描かれ、人間の持つ暗い側面を強調する。

第三の回想はハリーの少年時代と作家としての修業時代のものであり、そこにも死や不道徳といった「不潔」さが満ちている。少年時代に訪れた森と丘に囲まれたログハウスは火事で焼け落ちてしまう。そして、第一次世界大戦後、ドイツの黒い森で友人たちと釣りに行った際、ハリーたちが宿泊したホテルのオーナーはインフレの影響を受け、ホテルを運営することができず自殺してしまう。そして、若きハリーが作家としての修行生活を送った日々の思い出が連綿と語られる。その思い出があまりに不道徳であるため、これまでの回想は口述筆記することができるが、このパリでの思い出は口述では描けないとさえハリーは考える（CSS 50-52）。作家修行中のハリーがパリで目にしたのは道端で花を染めて売る花売りや、酔っぱらった老人たち、鼻を垂らした子どもたちや娼婦といった人々であり、彼らの匂いは「汚れた汗と貧困の匂い」（CSS 51）であると表現される。そんな中、ハリーはヴェルレーヌが死んだというういわくつきの安ホテルに部屋を借り、「不潔」な、しかしそれゆえに活気に満ちたパリで小説を執筆したのである。

以上のように、ハリーが創作の源として回想する記憶は、いずれも死、戦争、不道徳といった「不潔」さに満ちている。しかし、それは単に忌むべきものではなく、物語を産みだす豊饒な「不潔」さである。ハリーの作家としての志を示すように、本作の冒頭には次のような有名なエピグラフが掲げられている。

キリマンジャロは雪に覆われた標高一万九七一〇フィートの山であり、アフリカ最高峰と言われている。その西の山頂はマサイ族の言葉で「ンガイエ・ンガイ」すなわち神の家と呼ばれた。その西の山頂近くに、乾いて凍り付いた豹の死骸がある。それほどの高みで豹が何を探していたのか、説明したものは誰もいない。（CSS 39）

このキリマンジャロの山頂に横たわる豹の死体は「清潔」な雪の中にあることで一層際立つ死という「不潔」さを帯びながらも、「清潔」さを感じさせる「乾いて」（dried）、「凍った」（frozen）状態にある。一九四九年にチャールズ・ウォルカットが山頂の豹は「目的なき物質主義」に対する「根源的道徳の理想」の象徴であると述べているように、豹の死体はヘミングウェイにとっての何らかの「理想」を象徴していると見なされてきた（Walcutt 85）。腐敗することのない豹の姿は、「神の家」という高みを目指し、誰にもその真意は理解されずとも、死によっても汚されない永遠を手にしたと見なすことができる。これは、たとえ読者や批評家に理解されずとも、永遠に価値を失わない作品を完成させたいと願う、ハリーにとっての理想の作家の姿であるといえる。

そもそもハリーがアフリカに赴いた理由は「そこには贅沢さはないため、再び自分を鍛えられると思ったのだ。ちょうどボクサーが山にこもって体についた脂肪をそぎ落とすように、彼も魂についた脂肪を取り除けると思ったのだ」（CSS 44）と説明されている。すなわち、ヘレンとの贅沢で不毛な「清潔」さに満ちた生活から離れ、都会にはない物理的な「不潔」さの中に身を置き、さらにハンティングによる動物の「死」という豊饒なる「不潔」と向き合うことで、ハリーは失われた創作力を取り戻そうとしたと考えることが出来る。

3．死に至る「清潔」

アフリカにおける作家ハリーの起死回生の試みは、しかし、壊疽による死という結末を迎える。結末の解釈については後述するが、ハリーの作家としての復活の契機となるはずであったアフリカ旅行は、なぜ肉体の腐敗と死という結末を迎えるのだろうか。その理由として、ハリーの「不潔」さに対する姿勢が挙げられる。ハリーが脚を負傷した状況は次のようなものである。

そして今、彼女が再び築き上げたこの生活は、二週間前に膝を引っ掻いた時に彼がヨードチンキを使わなかったために終わりを迎えようとしているのだ。レイヨウの群れを写真に撮るため前進していたのだ。レイヨウたちは頭を上げ、空気の匂いを嗅ぎ、耳を大きく広げて茂みに逃げ込むための最初の物音を聞き分けようとしていた。彼が写真を撮る前に彼らは逃げ出してしまった。（CSS 46）

すなわち、ハリーは狩りという動物と自分の命をかけて互いの死という「不潔」さと向き合う行為の最中に傷を負うのではなく、カメラでレイヨウを撮影しようとした際のかすり傷の感染が原因で脚が壊疽にかかってしまうのである。仮にハリーがライオンをしとめようとし、その際に負った傷が原因で壊疽にかかっていたならば、彼の死が持つ意味はまったく異なるものであったかもしれない。しかし、銃を猛獣に向けて死という「不潔」さと対峙するのではなく、カメラを草食動物に向けるという、より安全な方法で野生に触れようとするハリーの行動は、創作の源である豊饒な「不潔」と向き合う姿勢であるとはいえない。ケネス・ジョンストンが「中年になった作家は「安全」で快適な習慣から未知の場所へ飛び出すような冒険はできない」（Johnston, "'The Snow of Kilimanjaro': An African Purge" 225）と指摘するように、「快適さ」と「安全」を手放すことのできない中年作家となったハリーには、もはやキリマンジャロの山頂に凍りつく豹のような高みへと至る力はない。

注目したいのはハリーの脚が感染したきっかけはヨードチンキを塗り忘れたからだ、と説明されるが、壊疽が始まった原因は次のように語られることだ。

恐らく最初に引っかき傷を作った時にヨードチンキを塗り忘れたんだ。でもこれまで感染症になったことがなかったんで気にしなかった。それで後になって悪化した時、他の消毒液を切らしていたので弱い石炭酸水溶液を使ったせいで毛細血管が麻痺して、壊疽が始まった。（CSS 41）

つまり、「石炭酸水溶液」(carbolic solution) を使用し、血管が「麻痺」してしまったことが壊疽の決定的な原因であると語られているのである。イギリス王立研究所のホームページに掲載されたロレンス・スケイルズの記事によれば、石炭酸水溶液は第一次世界大戦においても使用された消毒薬であるが、本来は医療器具の消毒用であり、人体に用いると酸が正常な白血球まで殺してしまうため、かえって傷口が壊死する危険があったとされる。ハリーの傷の感染はヨードチンキを塗り忘れた「不潔」さに起因するが、それを死に至る壊疽へと悪化させてしまったものは、実は「不潔」さではなく、消毒液のもたらす過剰な「清潔」さだったのである。

本作の冒頭で、ハリーが「これの驚くべき点は、痛みがないことだ」「そうやって、壊疽が始まったとわかるんだ」(*CSS* 39) と述べるように、壊死し始めた脚はもはや痛みすら感じない麻痺状態に陥るが、この物理的「麻痺」をもたらす過剰な消毒という「清潔」さは、ヘレンが象徴する金持ちの「清潔」な都市生活が「退屈」(dull) な繰り返しに満ち、ハリーの創作力を「鈍く」(dull) させてしまった点と呼応する。

すなわち、ハリーの作家としての堕落は、彼が戦争、死、病、性的不道徳といった「不潔」さに触れたことで生じたのではなく、むしろそういった「不潔」さに直面することを恐れ、「清潔」で快適な生活によって「不潔」さを消毒しようとしたため「麻痺」状態に陥り、生きたままの「腐敗」へと転じたといえるのだ。

やがてハリーは自身に死が迫っていることを予感するが、その際、壊疽を起こした脚の腐敗臭は死を予感させる不吉な予兆として機能する。

> 自分は死につつあるという思いが閃いた。それは突然やってきた。水や風が押し寄せるようにではなく、突然の邪悪な匂いの虚無として。そして奇妙なことにその虚無の縁をハイエナが軽やかに滑って行った。（CSS 47）

間近に迫った死を「邪悪な匂い」として感じ取るハリーは、かつて「汚れた動物」と呼んだハイエナとその匂いを結び付け、自分がハイエナによって死体を貪り喰われる定めにあることを直感する。さらに、「死神がやってきてその頭をベッドの脚に乗せたので、彼はその息の匂いを嗅ぐことができた」（CSS 54）と死神の到来をその匂いで察知し、「ひどい息をしてやがる」「臭い奴め」（CSS 54）と死神を罵るが、息苦しさに動くこともできないまま、ベッドに運ばれ、やがて最後の夢を見始める。作品の冒頭で語られる壊疽の悪臭は、すでに彼の死を暗示する不吉な徴であり、その予言が成就するように、結末において「不潔」な悪臭がハリーを捕え、その命を奪うのである。

死の間際に見る夢の中で、ハリーはようやく到着した飛行機に乗って病院のある街に向かうかにみえるが、飛行機は向きを変え、「世界そのもののように広く、偉大で、高い、日の光の中で信じられないほど白く輝く、キリマンジャロの四角い頂。そこへ自分は向かうのだと彼は気づいた」（CSS 56）という、一種恍惚とした情景の中で夢は終わる。しかし、現実には、ハイエナの鳴き声で目を覚ましたヘレンが夫の死に気づき、召使を呼ぶという場面で物語は幕を閉じる。

ハリーの死を悲劇としてとらえるのか、それとも救済への過程と捉えるのかは、ハリーの回想や最後の夢をどのように捉えるかによって変化するといえる。アーサー・ウォルドホーンは、たとえ象徴性によって和らげられていようとも、「腐敗した人生は腐敗した死をもたらす」(Waldhorn 147)という教訓が示されていると述べ、作家としての再起を図るハリーの試みはその腐臭に満ちた死によって敗北に終わると解釈する。一方、グロリア・ダッシンガーはハリーが見る最後の夢こそ彼の創作であり、緻密で官能的な表現に満ちた回想はハリーが作家として到達しようとした理想であると述べる(Dussinger 58)。また、オリヴァー・エヴァンズは平地と山に象徴される生と死のイメージに着目し、平地に生息するハイエナは「生の中の死」を、山で死んだ豹は「死の中の生」を表すとし、ハイエナではなく豹のように夢の中でキリマンジャロの頂を目指すハリーを、自身の死と引き換えに魂の救済を得たと解釈する(Evans 607)。

ハリーの死は悲劇なのか、それとも救済なのか。多くの研究者や読者を惑わせる曖昧さはヘミングウェイが意図したものであるといえる。ハリーの見る最後の夢はキリマンジャロの頂が象徴する「高み」へ至る美しいイメージに満ちており、その夢の中で死ぬということは一種の昇天であるといえる。

しかし現実における彼の肉体の死は、夢の美しさと対照的な無残なものである。ヘレンがハリーの遺体を見つけた時、「彼女は彼の体を蚊帳越しに見ることができたが、どういうわけか彼の脚は蚊帳の外にはみ出し、簡易ベッドの外に垂れ下がっていた。包帯は全てほどけており、彼女はそれに目を向けることもできなかった」（CSS 56）というように、ハリーの壊死した脚の悲惨な状態が、「不潔」さを直視できずに目を背ける彼女の態度からうかがい知ることができる。ハリーの死を「不潔」さに満ちた悲劇と捉える視点は、「清潔」さに価値を見出すヘレンの視点に準ずるものであるといえるだろう。

キリマンジャロの山頂で凍り付く豹の死体について語るエピグラフにおいて、「それほどの高みで豹が何を探していたのか、説明したものは誰もいない」（CSS 39）と書かれているように、夢の中でキリマンジャロの頂を目指した作家ハリーの心の内を知ることとは、恐らく誰にもできないのだ。しかし、その不可知の領域こそが、ハリーが死の瞬間まで追い求めた作家としての理想を輝かせ、決して朽ちることのない永遠を読者に予感させる。悲劇なのか救済なのか容易に判別できない、キリマンジャロの雪の向こうに広がる未知の空白は、ヘミングウェイが唱える「氷山理論」における氷山の隠された八分の七と同じく、本作に長い年月を耐える魅力と威厳をもたらしているといえるだろう。

ヘミングウェイはリリアン・ロスとのインタビューの中で、戦争の恐怖が癒え、それを書くことができるまでに一〇年かかった、と述べている（Ross 18）。戦争や死の恐怖という「不潔」さを小説として描き出すことができるまで時間をかけて自らの内に取り込むことこそ、「不潔」さを「浄化」する作業であると言える。ハリーが陥ったような「清潔」さによって「不潔」さを打ち消す「消毒」は「浄化」とはまったく異なるものであり、作家としての創作性をむしろ殺してしまう危険な行為であると言えよう。カーロス・ベイカーが「この物語の死にゆく作家はヘミングウェイ自身のイメージであった」

(Baker, *A Life Story* 289) と述べているように、贅沢の中で感覚を麻痺させ、生と死に向き合うことを恐れるあまり、作家としても人間としても死に行く作家ハリーは、『武器よさらば』以降のスランプに苦しんでいたヘミングウェイ自身の分身であるといえる。

一九二〇年代に自身の生々しい戦争体験や少年時代の瑞々しい記憶などを題材に貧しい若手作家として書き上げた『日はまた昇る』や『武器よさらば』は好評を博し、ヘミングウェイを二〇世紀最大のアメリカ作家の一人へと押し上げて行く。作家としての成功をおさめたヘミングウェイは、釣りや狩りを得意とするマッチョでハード・ボイルドなイメージのセレブリティとなり、二番目の妻ポーリーン・ファイファーの実家の経済的な支えによって、裕福で「清潔」な生活を送ることができるようになったが、その一方で、文学作品に昇華できるような生の経験が不足して行ったことは明らかである。

楠本隆が「一九二〇年代のいわゆるロスト・ジェネレーション時代の風潮に乗っかった彼のベル・エポック、『われらの時代』はもう終末を告げていた。若い感性が勝ち取った体験、パーソナルなものは、ほぼ書き尽しており、作品世界を満足させる材料が枯渇していたのがこの時期である」（楠本 八六）と述べているように、スランプを抜け出すための新たな作品素材と体験を手に入れるため、ヘミングウェイはアフリカでのライオン狩りに打ち込んだと考えることができる。その結果、ヘミングウェイの短編作品の中でも特に人気の高い、「フランシス・マカンバーの短く幸福な人生」（"The Short Happy Life of Francis Macomber"）と本作「キリマンジャロの雪」というアフリカを舞台とした短編が生み出されることになる。

一九二〇年代に執筆された『日はまた昇る』の結末ではブレットはロメロとの破局に苦しみ、『武器よさらば』ではキャサリンが死亡するが、主人公であるジェイクやフレデリックは心に傷を抱えつつも生き残る。しかし、一九三〇年代以降の代表作「フランシス・マカンバーの短く幸福な人生」と「キリマンジャロの雪」、そして『誰がために鐘は鳴る』において、主人公がいずれも死亡している点は、一九三〇年代以降のヘミングウェイ作品を捉える上で無視することのできない傾向である。一九二〇年代の若きヘミングウェイが描く主人公は恋人や友人たち、そして名もなき人々の死、病、戦争、不道徳という自身を取り巻く「不潔」の中で、物理的、精神的「清潔」を追い求め、自らの「生」を勝ち得たと言える。しかし、作家としての成功を手にし、「清潔」な生活を手にしたヘミングウェイにとって、作品を生み出す源となる「不潔」は外部ではなく、主人公自身の内に見出すべきものとなったのであろう。

この短編小説の後、長いスランプの果てに発表された『誰がために鐘は鳴る』は、ヘミングウェイにとって起死回生の傑作となり、映画化されるなど一般的な人気を得る。さらに次章で詳しく述べるように、「キリマンジャロの雪」で示唆された「匂い」にまつわる「清潔」と「不潔」のイメージは、主人公ジョーダンの抱える家族への複雑な感情や、死への葛藤を暗示する「死の匂い」として複雑な構造を持つ物語を支える極めて重要なモチーフとなる。

小説を生み出す豊饒な「不潔」を求めながら、過剰な「清潔」がもたらす麻痺によって生きながら腐敗し、死んでゆくハリーは、ヘミングウェイの作家としての苦しみの投影であると同時に、「麻痺」しはじめていたヘミングウェイの作品に新たな「生」と「死」の躍動を与える、一種の供物となったのである。

註

（1）古谷裕美はハリーの回想について、恐れや悲しみといった負の感情を通じて心を浄化する「カタルシス」を援用しつつ分析し、「『おぞましい』記憶を次から次へと語ることで、『おぞましいもの』を言語化して意味生成し、死に対する恐怖や去勢不安、腐る脚に対する苦悩などの精神的不安感を吐き出し、心的不安感を解消しようとしていると理解できる」（古谷 四八）と解釈する。この場合、「不潔」さは語られることでハリーの中から排出され、彼の内面は「清潔」なものへと浄化されると捉えることができる。

第五章

死とノスタルジア
――『誰がために鐘は鳴る』における「匂い」

「香水は、匂いの書いた物語。そしてときに、思い出の書く一篇の詩なのである」
――ジャン＝クロード・エレナ(1)

はじめに

『誰がために鐘は鳴る』は一九四〇年に出版され、一九四三年にはゲーリー・クーパーとイングリッド・バーグマン出演により映画化されたこともあり、ヘミングウェイの作品の中でもとりわけ一般的によく知られ、読まれてきた作品である。しかし、研究者による作品の位置づけとしては意見が分かれる点も多くある。

『誰がために鐘は鳴る』において、主人公のロバート・ジョーダンや他のキャラクターによって語られる、非常に長く複雑なモノローグや回想は、本作の魅力とも弱点ともいわれてきた。例えば、ロバート・A・リーはこの小説の特徴的な長いモノローグと回想シーンの使い方を、物語のクライマックスである橋の爆破へとつながる、重要な要素として称賛している（Lee 87）。一方で、エドマンド・ウィルソンは本作の構造は冗長で、ヘミングウェイは主人公の長々とした独白をどうやってカットしたらよいのか分かっていないとして、長すぎるモノローグを批判している（Wilson 322）。実際、ヘミングウェイの担当編集者であったマクスウェル・パーキンスはヘミングウェイに対して、「死の匂い」に関する長いモノローグは物語の展開を必要以上に遅くしているので、文章を短くする方法を見つけるべきだと助言している（*SL* 512）。

しかし、ヘミングウェイはこの助言に対し、「私はこの部分は残す必要があると考える。私はすぐには分からないさまざまな効果を生み出す必要がある。この部分を取り去ることは、私のオーケストラからヴィオラやオーボエを単独では醜い騒音を立てるからという理由で取り去るのと同じことだ」（*SL* 513）と反論する。ヘミングウェイのこの言葉は、一見冗長に見える「死の匂い」のモノローグが『誰がために鐘は鳴る』という物語の構成においてどれほど重要であるかを示唆している。

リリアン・ロスはヘミングウェイの伝記 *Portrait of Hemingway*（1961）の中で、「匂い」がヘミングウェイにとってどれほど重要であったかを示すエピソードを紹介している。

ヘミングウェイ夫人は煙草に火をつけて、煙草の箱を私に渡した。私はそれをヘミングウェイに回したが、彼は煙草を吸わないと言った。煙草は彼の嗅覚を駄目にしてしまうからだ。嗅覚は狩りのために欠くことのできないものだと彼は考えていた。「本当に良い鼻を持っていたら煙草の匂いはとても酷いものなんだ」（Ross 27）

煙草の匂いを耐え難いと感じるこの逸話は、ヘミングウェイがいかに繊細な「嗅覚」を持っているかを示すものである。[2]匂いに対するヘミングウェイのこだわりの強さにもかかわらず、作品に描かれたさまざまな匂いについての研究は少ない。しかしながら、『誰がために鐘は鳴る』において、食事や動物、植物といった日常生活を取り巻く匂いだけでなく、「死の匂い」と呼ばれる想像の中の匂いが緻密に描かれ、読者に強い印象を残す。そしてこれらの匂いは、感情表現が極力排された、いわゆる「ハード・ボイルド」の語りにおいて、主人公ジョーダンの内面を探るための重要な手がかりとなる。

本章では『誰がために鐘は鳴る』における「匂い」の描写と、それにまつわるモノローグや回想シーンに焦点を当て、表面上は語られることのないジョーダンの感情や秘められた過去のトラウマ、そして彼が自らの死と向き合う結末での葛藤を考察したい。本作に潜む「匂い」の痕跡をたどることで、我々はこの複雑な小説の根底に流れる「ヴィオラやオーボエ」の如き、ささやかだが重要な通奏低音を嗅ぎ取ることができるだろう。

1. パブロの悪臭、マリアの香り

『誰がために鐘は鳴る』は一九三六年から一九三九年まで続いたスペイン共和国とフランシスコ・フランコ将軍率いるファシストの軍部との対立によって生じたスペイン市民戦争を舞台としている。主人公ロバート・ジョーダンはスペイン政府を支援する国際旅団に所属する若きアメリカ人である。彼は市民によって結成されたゲリラと共にファシストの退却を阻止するため、橋を爆破する任務を引き受ける。ゲリラのリーダーであるパブロは橋の爆破作戦が危険であるとしてジョーダンに強く反対し、対立が深まる。同時に、ジョーダンはゲリラの一員であるマリアと恋に落ちる。ジョーダンのモノローグはしばしば「匂い」と深く結びついており、彼が直接的に語ることのないパブロとマリアに対する感情を明瞭に浮かび上がらせる効果を持っている。ジョーダンはパブロに対して表立って敵対心をむき出しにすることはないが、彼がゲリラの隠れ家である洞窟に入ってきた瞬間、その匂いを敏感に察知する。

> 彼はテーブルの向こうにいるパブロに気づいた。他の者たちはおしゃべりをしたり、カードをしたりしている。彼は今や洞窟の中の匂いが食べ物や料理の匂いから、焚火の煙や人間の匂い、煙草、赤ワイン、そして真鍮のような淀んだ体の匂いへ変化したことに気づいた。(*FWBT* 226)

パブロがやってくることで、洞窟の中の心地よい食事の匂いが煙草や不潔な体の匂いといった不愉快な匂いに変わったとジョーダンは感じている。このパブロの悪臭は物理的な匂いにとどまらず、作戦に反対するパブロに抱くジョーダンの反感を反映しているといえる。

好まざる人物を悪臭と結びつける表現は、ヘミングウェイの短編小説「世の光」（"The Light of the World"）にも登場する。主人公ニックとその友人トムがバーに入ってくると、バーテンダーは「お前たちは匂うんだよ」「お前ら同性愛者はみな匂うんだ」（CSS 292）と言って、彼らを「同性愛者／ろくでなし」（punk）とみなし、悪臭がすると蔑むのである。

ある人物への嫌悪感と悪臭の結びつきは短編小説「父と子」（"Fathers and Sons"）においてより明確に描かれる。この短編小説において、ニックは父親に対する愛憎を以下のように回想する。

ニックは父を愛していたが、彼の匂いは嫌いだった。一度、父親の下着のお下がりを着なければならなかったとき、その匂いのせいで気分が悪くなったので、彼はそれを脱いで河原の二つの石の下に置いて、父親には下着はなくしてしまったと伝えた。（CSS 375）

ニックはこの後、下着を捨ててしまったことで父親から叱られ、怒りのあまりショットガンで父親を撃ち殺すことを想像する。ここではニックの抑圧された父親への反感や怒りが、父親の「匂い」への嫌悪という形で表される。このように、ある人物への嫌悪や反感が、その人物の放つ「悪臭」として知覚されることは、ヘミングウェイの小説においてしばしば登場する表現方法であるといえるだろう。

一方で、マリアの体が放つ芳香はパブロの悪臭と対をなすものとして描かれる。橋の爆破に関する計画を図面に描いていたジョーダンは、洞窟に漂うパブロの悪臭を感じ取ると、次のようにマリアの手を取り、その香りを嗅いでいる。

> 彼が描き終わるのを見つめていたマリアは手をテーブルの上に乗せており、彼は左手でその手を取ると自分の顔に引き寄せ、皿を洗っていた彼女の手から粗い石鹸と新鮮な水の匂いを嗅いだ。（*FWBT* 226）

マリアの手から香る石鹸と新鮮な水の香りは、パブロの悪臭を打ち消すものとして描かれている。ヘミングウェイは他の作品においても主人公がヒロインの香りを好ましく思う場面を描いている。短編小説「夏の仲間」（“Summer People”）ではニックは恋人であるケイトに「君はクールな匂いがする」（*CSS* 502）と言っている。また、先ほど紹介した「父と子」では、ニックはネイティブ・アメリカンのガールフレンドと触れ合うことで、父親の悪臭を取り除こうとし、また、「自分の家族の中で好ましい匂いなのは妹だけだ」（*CSS* 375）と述べている。特に「父と子」では人物に対する好悪の感情が匂いと密接に結びついており、ニックは自分の父親への怒りを抑えるために、まるで鎮静剤のようにネイティブ・アメリカンの少女の匂いを嗅ごうとするが、これは、パブロが現れた時にマリアの手の石鹸と水の香りを嗅ぐことで、パブロへの嫌悪を抑えようとするジョーダンの行動とも重なり合う。

ここで注目したいのは、パブロとマリアの匂いに対するジョーダンの振る舞いが、単なる好悪の感情を反映したものであるだけではなく、二〇世紀的な医学的認識が背景にある点である。小説の序盤において、パブロは多くのファシストを殺害してきたため、ゲリラのメンバーから「奴はコレラよりもたくさんの人間を殺した」「運動が始まると、パブロはチフスよりも多くの人間を殺したんだ」「パブロは鼠蹊腺ペストよりたくさん人を殺した」（*FWBT* 26）と、さまざまな疫病にたとえられる場面がある。

興味深いのは、コレラやチフス、鼠蹊腺ペストは汚染された水や不潔な環境によって引き起こされ、悪臭を放つ疫病であるという点である。救急車の運転手として第一次世界大戦に参加したヘミングウェイが、不衛生な戦場とそこで蔓延する病を目の当たりにし、『武器よさらば』に描きこんだことは第三章ですでに述べた通りである。悪臭を放つ不潔さと死をもたらす病との関連性は、ヘミングウェイにとってなじみ深いモチーフであったといえるだろう。これらの悪臭を放つ伝染病とパブロを関連付けることは、悪臭を放つパブロが、物理的にも象徴的にも「不潔」な存在であり、彼がやがてジョーダンやゲリラの仲間たちに死をもたらす疫病のような存在であるとジョーダンが感じていることを示している。

パブロの悪臭を打ち消す匂いとして選ばれたのが、石鹸と新鮮な水の香りであることもまた示唆的である。アルコールや石鹸、熱湯による消毒の重要性は一八九〇年代頃からアメリカでも広く知られるようになっており（Duffy, *From Humors to Medical Science* 188-93）、ヘミングウェイの父親クラレンス・ヘミングウェイが医師であることを考えれば、ヘミングウェイが石鹸や清潔な水の衛生的な重要性を認識していることに不思議はない。短編小説「インディアン・キャンプ」（"Indian Camp"）でも、医師であるニックの父親は手術の前に石鹸で念入りに手を洗っている（CSS 68）。すなわち、パブロの不潔な匂いを打ち消すためにマリアの手から石鹸と水の香りを嗅ぐジョーダンの行動には、医学的な衛生観念に基づいた「消毒」のイメージが根底にあると考えられるのである。

さらに、パブロの悪臭とマリアの香りには、医学的な価値観だけでなく宗教的な善悪の観念までもが含意されているのだ。キリスト教において、罪人の体は悪臭を放ち、聖人は甘い芳香を放つとされている（Classen, Howes and Synnott 52-54）。コンスタンス・クラッセンいわく、「美徳や欠点は目には見えないため、嗅覚によって知覚される」（Classen 21）のである。

匂いと善人・悪人の結びつきを描いた小説としてもっともよく知られているのはフョードル・ドストエフスキーの『カラマーゾフの兄弟』（*Братья Карамазовы*, 1880）だといえるだろう。善良で敬虔なロシア正教会の宗教的指導者であったゾシマ長老が亡くなった時、その遺体から早々にひどい腐敗臭が生じたことに人々は衝撃を受ける。その悪臭ゆえに、人々は長老の生前の行いに何らかの悪徳があったのではないかと疑いを抱き、ゾシマ長老の弟子でもあった主人公アリョーシャは、長老個人だけでなく、宗教そのものに疑問を抱くようになる（ドストエフスキー 一三〇-一三二）。遺体の腐臭がその人間の善悪を決定することはない、と説く神父に対し、「こっちは昔流儀なんだ」（ドストエフスキー 一三一）という人々の言葉が示唆するように、この小説が書かれた一九世紀後半においても、聖人は芳香を、悪人は悪臭を放つというイメージは伝統的な価値観としてキリスト教を信じる人々の中に深く根付いていたといえよう。

スペイン市民戦争において、スペイン共和国側は宗教を排した左翼の方針を支持しており、ゲリラのメンバーたちも宗教に対して批判的な姿勢を見せる。しかし、その一方で、ジョーダンもゲリラのメンバーたちも伝統的なキリスト教の価値観を完全に捨て去ることができない。

例えば小説の前半でゲリラの老人アンセルモは「わしらにはもう神もその息子も精霊もいない」「もし神がいたら、わしがこの目で見たようなことを決して許さんだろう」（*FWBT* 41）と言って神を否定する。しかしアンセルモは敵を殺すときは常に許しと懺悔を求め（*FWBT* 196）、死んだ仲間のために「最も寛大な聖母」（*FWBT* 327）に祈りを捧げている。

ゲリラの中で誰よりも豪胆な女性ピラールですら、「私たちが宗教とか他の無意味なものを信じていた時は」（*FWBT* 89）と言いながらも、聖書のイメージをたびたび引用している。例えば彼女の夫であるパブロが「俺が敵の奴らを生き返らせることができたら」（*FWBT* 209）と言うと、ピラールは「じゃあ次は水の上を歩くんだね」（*FWBT* 209）と言って皮肉を込めてパブロをキリストになぞらえている。また、小説の後半でパブロがゲリラを裏切った時には「あんたの前任者は自分で首を吊っちまったイスカリオテのユダだ」（*FWBT* 391）と言って罵っている。ジョーダンもまたマリアが彼の足を洗った時、「君の髪で足を乾かしてくれるかい？」（*FWBT* 203）と言って、マリアをキリストの足を洗って自分の髪で拭いたマグダラのマリアに、自身をキリストになぞらえている。

これらのことは、キリスト教と共に育ったスペイン人やジョーダンにとって、聖書がいかに深く心に根付いているかを示すものである。たとえパブロやピラールたちが属するスペイン共和国が共産主義の立場を取り、政治的な方針によって宗教が否定されたとしても、魂に描きこまれたキリストの像は容易には消えないのだ。それゆえ、ジョーダンは無意識のうちにパブロとマリアの匂いをキリスト教的な善人と悪人の匂いと結びつけ、パブロの卑怯さとマリアの心の純粋さを二人の体臭によって対比させているといえよう。

さらに、キリスト教と近代医学が「匂い」ではきわめて近い位置にあるとさえいえるのだ。ジョーダンはパブロの不潔な悪臭をマリアの清潔な石鹸と水の香りで打ち消すことで、疫病のもとである汚れを石鹸によって消毒するという衛生的価値観に基づいて、パブロが悪であり、マリアが善であると強調する。すなわち、パブロとマリアに対するジョーダンの想いは、伝統的なキリスト教と近代医学という二つの観点が融合した「匂い」の描写によって描き出されているといえるのである。

2. 死の匂い

パブロの悪臭とマリアの香りは単にジョーダンの感情を映し出すだけでない。これらの匂いは「死の匂い」と結びつくことにより、ジョーダンの隠された過去と記憶を呼び起こすことになる。「死の匂い」とはピラールが語る予言めいた迷信の一種であり、彼女は次に挙げる匂いがすべて混ざり合ったものが死の到来を予言すると述べる。一つ目は「波に揺れる船の窓の真鍮の取っ手の匂い」(*FWBT* 254)であり、二つ目は「屠殺された動物の血を飲んだ老女の口の匂い」(*FWBT* 255)、三つ目は「石鹸水と煙草の吸殻が甘く混じり合った娼婦の匂い」(*FWBT* 256)、そして四つ目は娼婦がベッド代わりに使った「湿った土と枯れた花」(*FWBT* 256) の匂いである。

ジョーダンはそんな迷信は信じないと言うが、この「死の匂い」の話はジョーダンから興味深い反応を引き出す。第一と第二の匂いについて聞いた後、ジョーダンは「残りの匂いは何だ?」(*FWBT* 254) と冗談めかして尋ね、ピラールが老女の匂いを嗅げばわかる、と言うと、彼はためらいなく「では嗅ぐとしよう」(*FWBT* 255) と答える。しかし、ピラールが娼婦の匂いを嗅ぐように、とジョーダンに言うと、彼は途端に「いやだ」(*FWBT* 256) と拒否するのだ。他の悪臭については真面目に取り合わないジョーダンが、なぜ「死の匂い」の第三の要素としての娼婦の匂いにのみ敏感に反応し、その匂いを拒絶するのだろうか。

注目すべきは娼婦の匂いとマリアの香りの類似性である。マリアの香りとして描かれた「粗い石鹸と新鮮な水」(*FWBT* 226) の匂いが彼女の清らかさを示す一方、「死の匂い」の一部である娼婦の匂いは「石鹸水と煙草の吸殻が甘く混じり合った」(*FWBT* 256) 匂いであると語られるのである。また、ジョーダンが森の中でマリアと愛を交わす時、「つぶれたヒースの香りがし、彼女の頭の下で折れ曲がった茎の固さを感じた」「それから彼は横向きに寝た。頭はヒースに深く埋もれ、その香りを嗅ぎ、さらに根と土の匂いを嗅いだ」(*FWBT* 159) と語られる。彼らがベッドの代わりとして使った場所の「つぶれたヒース」と「根と土」の匂いは、娼婦がベッド代わりにする「湿った土と枯れた花」(*FWBT* 256) の匂いと奇妙なほど一致するのである。

このマリアの香りと娼婦の匂いの類似性は、ジョーダンが無意識のうちにマリアと娼婦を同一視していることを暴き出す。実際、マリアの純潔はファシストたちにレイプされたことにより穢されており、さらにジョーダンは彼女と出会った最初の夜に早々と体を繋げている。ジョーダンとマリアの関係は、『武器よさらば』におけるフレデリックとキャサリンの関係に非常によく似ている。第三章で述べたように、フレデリックは戦争による死の恐怖から逃れるため、キャサリンと性急に肉体関係を持とうとする。そのため、キャサリンは彼と過ごすけばけばしいホテルで「娼婦のような気分になるのは初めてだわ」(*FTA* 152) とつぶやくのである。

ジョーダンとマリアの関係もこれとよく似ている。ジョーダンがマリアと出会ってすぐに関係を持とうとする背景には、橋の爆破作戦に伴う死の危険から目を逸らしたいという欲求があると考えられる。ジョーダンが「死の匂い」の四つの要素の中の娼婦の匂いにのみ強い拒否反応を示す理由は、その匂いがマリアを連想させるものであり、彼が実のところマリアを娼婦として扱っている事実を突きつけるものであったからではないだろうか。また、ジョーダンが娼婦の匂いを拒否する背景には、性病への恐れも読み取れる。娼婦と性病との関連性についてはヘミングウェイの他の作品においてもしばしば描かれている。『武器よさらば』ではフレデリックの親友である軍医のリナルディは娼婦から性病をうつされたと信じ込んでいる (*FTA* 175)。また、「ある新聞読者の手紙」(“One Reader Writes”) のヒロインは戦時中に夫が娼婦から性病をうつされたと医師への手紙に書いている (*CSS* 320)。

実際、ヘミングウェイが参加した第一次世界大戦の頃から、性病と娼婦の結びつきがアメリカ人にとっても馴染みのあるものとなっていく。アラン・コルバンは二〇世紀初頭には娼婦は性病の伝染の拡大と深く結びつけられるようになったと述べており（コルバン 三六四-八六）、アーニェ・コリアは第一次世界大戦において、娼婦を介して感染が拡大した淋病がイギリス、イタリア、アメリカ軍にとって大きな問題となったと指摘している（Collier 182-93）。さらに娼婦を媒介として広まる性病の恐怖を描く無数の雑誌や小説が、第一次世界大戦当時、身体的および道徳的危険を説く目的で出版された（Quetel 183）。二〇世紀前半にアメリカやヨーロッパで広まった娼婦と性病の恐怖を考えれば、ジョーダンが娼婦の匂いをとりわけ恐れたのも納得がいく。始めはマリアの石鹸と水の香りを清潔で純粋なものの象徴とみなし、パブロの不潔な匂いを「消毒」し、打ち消すものと認識していたジョーダンだが、ピラールの「死の匂い」の話を聞いた後、マリアの香りは娼婦の石鹸水の匂いと類似性を持ち、ジョーダンを恐れさせるのである。

　ピラールから「死の匂い」の話を聞いた後、ジョーダンの視点から語られるマリアとパブロの匂いの描写は変化を見せる。ジョーダンはもはやマリアの匂いとして石鹸や水、ヒースや土の匂いを結びつけることはない。代わりに登場するのは「松の香り」である。例えば、彼がマリアと森の中で一夜を過ごす際、彼は「松の枝と夜の匂い」（*FWBT* 379）に包まれている。この「松の香り」は本作において非常に重要な役割を果たしている。小説の序盤において、松の香りはパブロの悪臭と対を成す清潔な香りとして表現される。パブロによって洞窟にもたらされた悪臭を避けて外に出たジョーダンは「一ペニー銅貨や赤ワイン、ニンニクの匂いから離れ」「ロバート・ジョーダンは松の香りのする山の澄んだ夜の空気や川のそばの草地の葉についた夜露の匂いを深々と吸い込んだ」(*FWBT* 59) というように、心地よい清潔な匂いとしての「松の香り」によって癒しを感じている。

実際、アメリカでは松の香りは清潔さと深く結びついている。ライアル・ワトソンは西洋文化において、レモンや松の香りは清潔さを連想させ、石鹸や芳香剤、殺虫剤の香りとして使用されることが多いと述べている (Watson 150)。ヘミングウェイの短編小説、「二つの心臓のある大きな川」("Big Two-Hearted River: Part I") においても、松の木は安らぎと清潔さと関連付けられている。川釣りのために森にやってきた主人公ニックは「松の木の下」(*CSS* 166) で休息を取り、「清潔」で「新鮮」な松の木の皮を、キャンプ中に調理したパンケーキをひっくり返すへらとして使っている (*CSS* 174)。「松の木」に付随する清潔さや新鮮さ、心地良さといったイメージによって、ジョーダンは「死の匂い」で言及された娼婦を思わせる石鹸やヒースに代わる新しいマリアの香りとして、「松の木の香り」を選んだのではないだろうか。そして、この行動は単にマリアと娼婦を結びつけたくない、というだけでなく、ジョーダンが自分の周りから「死の匂い」を遠ざけたいと無意識のうちに願っていることの表れなのではないだろうか。不潔な「死の匂い」を清潔な「松の木の香り」で消毒しようというのだ。

マリアだけでなく、パブロの匂いも「死の匂い」の話を聞いた後では変化を見せる。初め、ジョーダンはパブロの匂いを「焚火の煙や人間の匂い、煙草、赤ワイン、そして真鍮のような淀んだ体の匂い」(*FWBT* 226) と感じ取る。しかし、「死の匂い」の話を聞いた後は「焚火」や「煙草」といった要素は消え、代わりに「真鍮のような淀んだ体の匂い」の中の「真鍮」の匂いだけを強調し、「口に銅を入れたような」「真鍮のような死んだワイン」（*FWBT* 402）の匂いがパブロからすると表現している。

　変質したワインがもたらす金属的な味は血に含まれる鉄の味を想起させ、それは「死の匂い」の「波に揺れる船の窓の真鍮の取っ手の匂い」（*FWBT* 254）へとつながる。「死んだワイン」（dead wine）という不吉な表現からも明らかなように、さまざまな悪臭の中からジョーダンは「死の匂い」を連想させる匂いとパブロを結びつけることで、無意識のうちにパブロに死の予兆を読み取ろうとしているのではないだろうか。すなわち、ジョーダンは表面上は迷信など信じないと言っているものの、実際にはマリアの香りを娼婦を連想させる「石鹸水」や「つぶれた花」の匂いから「松の香り」に変えることで自分や彼女の周りから「死の匂い」を遠ざけ、逆にパブロと「死の匂い」を結びつけることで彼の死を願っていると解釈できるのである。

　しかしながら、「死の匂い」がもたらす暗い影は幽霊のようにジョーダンにつきまとい、次第に彼の秘められた恐怖を暴いて行く。そこで重要になるのが、ジョーダンの前任者として橋の爆破に携わっていたカシュキンという名の男である。彼はすでに死亡しており、ゲリラのメンバーたちの思い出話の中にのみ登場する。ピラールはカシュキンが死ぬ前にも「死の匂い」がしたと主張する。この姿なき前任者カシュキンに対するジョーダンの態度こそ、彼の隠された内面を探る手掛かりとなる。

　ゲリラたちはカシュキンのことを「とても勇敢」（*FWBT* 21）で「非常に自制心がある」（*FWBT* 149）と褒め称えるが、ジョーダンは彼のことを「気違い」（*FWBT* 21）で「神経質」（*FWBT* 149）だと批判する。なぜならカシュキンはファシストに捕らえられて拷問を受けることを異常に恐れていたからである。ジョーダンは最初、カシュキンの死因は自殺だったとゲリラのメンバーたちに嘘をつく（*FWBT* 21）。しかし後になって、実際は怪我で重傷を負ったカシュキンに頼まれ、拷問の恐怖から解放するために、ジョーダンが彼を撃ち殺したことを告白する（*FWBT* 149）。

興味深いのは、ジョーダンが自分の父親の死因についても嘘をついているという点である。ジョーダンは最初、父親はファシストに拷問を受けるのを恐れて自殺したのだとマリアに語っている（*FWBT* 66-67）。しかし、実際のところジョーダンの父親はファシストと戦ったことなどなく、スペイン市民戦争よりはるか以前に銃を使って自殺しているのである。

この偽りの死因の類似性からみても、ジョーダンが自ら死を願ったカシュキンを自殺した父親と同じ臆病者とみなしていることは明らかである。ロバート・E・フレミングが指摘するように、「カシュキンの物語はジョーダンの父の物語と深く結びついている。自分自身を殺すことと、自分を殺してくれと頼むことは、同じ行動の違う形式に過ぎない」（Fleming 129）なのである。ジョーダンにとってカシュキンと父親を臆病者と見下すことは、自分は彼らとは違う、勇敢な男であると証明することにもつながる。しかし、このようなジョーダンの行動は、逆に彼の心に巣くうある恐怖を浮き彫りにするのである。すなわち、自ら死を願ったカシュキンの匂いである「死の匂い」を避け、父親やカシュキンを見下し、否定しようとするジョーダンの行動は、自分もまた父親やカシュキンのように自ら死を願ってしまうのではないか、という内なる恐怖を遠ざけるための無意識の行動だと考えることができる。

しかし、ジョーダンが自分とカシュキンの違いを強調しようとする試みとは裏腹に、彼とカシュキンはさまざまな点で類似していることが明らかになる。例えばパブロはジョーダンに初めて会った際、前任者であったカシュキンのことを持ち出し、「彼はあんたと同じくらいハンサムだった」（*FWBT* 14）と述べ、ジョーダンが差し出した煙草についてもカシュキンと同じ煙草だと述べている（*FWBT* 20）。また、別のゲリラのメンバーもジョーダンを見るなり、「あんたはもう一人の奴と似てるな」（*FWBT* 45）と言っていることからも、ジョーダンとカシュキンの外見がどこか似通っていることが示唆される。

言い換えるなら、ジョーダンが自殺した父と自ら死を望んだカシュキンを同類の臆病者と捉えているのであれば、ジョーダンとカシュキンの類似性は、必然的にジョーダンと父の共通性を暗示することになる。それは、ジョーダンが父親やカシュキンのように自ら死を望む可能性があることを匂わせるのである。それゆえに、ジョーダンは死の訪れを暗示する「死の匂い」を遠ざけようとするのではないだろうか。

3．ノスタルジアの香り

物語が進むに従い、ジョーダンはカシュキンだけでなく、父と祖父の亡霊とも対峙することになる。その時、「死の匂い」に対抗するものとして登場するのが、「ノスタルジアの香り」である。小説の序盤において、ジョーダンは自分の家族についてほとんど言及しない。しかし、中盤になって松の林の中を歩いている時、彼は松の木の香りを「ノスタルジアの香り」（*FWBT* 260）と呼んでいる。この匂いが彼の子ども時代の記憶を呼び起こして行く。マリアとの逢瀬のために洞窟の外で寝袋に入って横たわるジョーダンは、次のように自分を取り巻く匂いを描写する。

夜は晴れ渡り、頭の中まで同じように冷たく澄み渡るように感じた。彼は自分の下の松の枝の香りを嗅いだ。潰れた松葉の香りと切られた枝からにじみ出た松脂の鋭い香りを。ピラール、と彼は思った。ピラールと死の匂い。俺の好きな匂いはこれだ。この匂いと刈ったばかりのクローバー、牛を追った後に香る潰れたセージ、木を燃やす煙、秋の落ち葉を燃やす匂い。あれはノスタルジアの香りに違いない。秋のミズーラの通りでかき集めた落ち葉の山が燃やされる煙の匂い。どちらの匂いの方が好きだ？　インディアンが籠を作るのに使う葦の匂いか？　燻された革の匂いか？（*FWBT* 260）

このように松の香りによって子ども時代の記憶が次々と連鎖的に蘇って行く様子は、マルセル・プルーストの『失われた時を求めて』（*À La Recherche du Temps Perdu*, 1913-27）の冒頭で主人公がマドレーヌを紅茶に浸した味と香りによって子ども時代の記憶を呼び覚まされる、いわゆる「プルースト効果」だといえよう（プルースト　一一一―一七）。ヘミングウェイ自身、件のマドレーヌの場面が登場する英訳版『スワン家の方へ』（*Swan's Way*, 1922）を含む『失われた時を求めて』六巻の英訳版を所有しており、プルースト効果についても知っていた可能性は高い（Reynolds, *Hemingway's Reading* 171）。

また、エイヴリー・ギルバートによれば一九一三年のアメリカの雑誌『アトランティック・マンスリー』には匂いが過去の記憶を呼び覚ます効果を持つことが特集されている（Gilbert 194）。ヘミングウェイはこの雑誌を購読しており、『誰がために鐘は鳴る』をキューバで書いていた際にも購読を続けている（Reynolds, *Hemingway's Reading* 53）。これらのことから、ヘミングウェイが文学と科学の両分野における匂いと記憶のメカニズムについて知っており、それを自身の作品にも反映させたことは大いにありうる。

ジョーダンが挙げるさまざまな「ノスタルジアの香り」の中でも、とりわけ「インディアンが籠を作るのに使う葦の匂い」と「燻された革」の匂いは注目に値する。これらの匂いはジョーダンにとって父親と祖父の記憶を呼び覚ます引き金となる香りだからだ。現在の戦況における自分の役割について考え始めたジョーダンは、やがて南北戦争で活躍した勇敢な祖父のことを次のように回想し始める。

> おじいさんが戦後カーニー砦にいたとき、インディアンたちはいつも頭皮を奪って行った。親父の事務所のキャビネットにあった、棚からはみ出した矢尻や、壁にかけられた斜めに大きな羽根を刺したインディアンの戦の羽飾りを覚えているか？　革脚絆の燻した革の匂いを、シャツを、ビーズで飾られたモカシン靴の感触を。（*FWBT* 336）

ここでジョーダンが回想するネイティブ・アメリカンの「革脚絆の燻した革の匂い」は、ジョーダンがノスタルジアの香りの一つとして想起する「燻された革の匂い」（*FWBT* 260）と明らかな類似性を見せる。ジョーダンはマドレーヌならぬ松の木の香によって、ネイティブ・アメリカンの革の道具の匂いなど、さまざまな懐かしさを掻き立てるノスタルジアの香りを思い出すが、その匂いの記憶こそ、ジョーダンの失われた父と祖父の記憶を呼び覚ますのである。

興味深いことに、父親の事務所にあったネイティブ・アメリカンの品々のことを思い出しているにもかかわらず、ジョーダンは父親のことをすぐには思い出そうとしない。それはあたかも無意識のうちに父親の記憶を退けようとしているかのようである。逆に、ジョーダンが積極的に思い出すのは南北戦争の英雄であり、ネイティブ・アメリカンと戦ったことのある祖父の記憶である。

実際、ヘミングウェイの祖父であるアンソン・タイラー・ヘミングウェイは南北戦争に参加し、さらに戦後はフロンティアに赴きネイティブ・アメリカンと戦った経験がある。アンソンはしばしば南北戦争やネイティブ・アメリカンとの戦いの思い出をヘミングウェイを含む孫たちに語って聞かせたという(Reynolds, *Final Years* 100)。幼いヘミングウェイと同じように、ジョーダンもまた祖父から南北戦争やネイティブ・アメリカンとの戦いの話を聞き、英雄が活躍した「古き良き時代」への憧れを募らせたと考えられる。

橋の爆破の準備を行い、緊張が高まるとき、ジョーダンは「この状況でおじいさんならどうするだろうと考えた」「おじいさんは本当にすごい兵士だったとみんな言っていた」「今なら俺が質問してもおじいさんも悪くは思わないだろう。以前は俺にはその資格はなかった」「だが、今なら俺たちはうまくやれるだろう」(*FWBT* 337-38) と考える。ジョーダンは戦争の英雄であった祖父に対し、時空をまたいだ戦友として共感と仲間意識を示し、自らもまた祖父と同じような勇敢さをそなえた同志であると自負しているようである。

しかしながら、英雄的祖父の思い出は、皮肉にもジョーダンにとっての恥ずべき存在である自殺した父親の記憶をも呼び覚ましてしまう。子どもの頃、ジョーダンが祖父にどうやって銃で人を殺したのか話を聞かせてと強請り、祖父が話すことを拒んだという出来事を回想したジョーダンは、「それから、親父がその銃で自殺した」（*FWBT* 337）と唐突に父親の死のことを思い出す。自分を鼓舞してくれるはずの祖父の想い出の底から、ふいに不気味な幽霊が顔を出すのだ。ジョーダンはこれまで言及されることのなかった父親の自殺について、ついに思いを巡らせるが、次の引用から分かるように、直接的に「自殺」という言葉を使うことができない。

死後また出会うなんてことがあるのだろうか、とジョーダンは考えた。そんなことがあれば、彼も彼の祖父も、父の前で気まずさを感じるだろう。誰だってあれをする権利はある、と彼は思った。だが、あれをするのはいいことじゃない。理解はできる、だが、あれを認めることはできない。（*FWBT* 338）

このように、ジョーダンは自殺した父親を自分と祖父にとっての恥として認識し、父親の死因である「自殺」をはっきりと言葉にすることすらできず、「あれ」（it）と言い換えている。それは父親の自殺を恥じる思いがあったためと考えられるが、同時に、ジョーダン自身が抱く自殺への恐怖の強さを暗示してもいる。

最初のうち、ジョーダンは父親の自殺をどこか他人事として語るが、祖父と父親の運命について思いを巡らすにしたがい、自分が抱える恐怖の存在を自ら明らかにして行く。

おじいさんが南北戦争の四年間で味わい、抑えつけ、そしてついには取り除かなければならなかった恐怖が（中略）ちょうど闘牛士の二代目が常にそうであるように、もう一人の人間をコバルデにしてしまったのだろうか？　考えてもみろ。そしてそのありがたい汁だけがその人間を通じて俺に流れ込んでしまったのか？（*FWBT* 338）

このモノローグから分かるように、ジョーダンは祖父が南北戦争などで経験した恐怖が父親に遺伝し、それが父親をスペイン語でいう「コバルデ」(cobarde)、すなわち「臆病」にし、さらにそれは自分にも受け継がれているのではないかという不安を抱えている。「臆病」という言葉をあえて英語ではなく外国語であるスペイン語で表現し、また「父親」ではなく「もう一人の人間」(the other one)、「その人間」(one) と間接的に表現していることからも、ジョーダンが自殺した父親に対して抱えている恥と恐れの大きさがうかがえる。つまるところジョーダンは自分もまた父親のように自殺してしまうのではないか、その素因は遺伝的に受け継がれ、呪わしい運命のように自分を待ち受けているのではないか、という恐怖を常に胸に抱いているのである。

死に至る絶望という病を父親から受け継いでいるのではないか、という不安はヘミングウェイ自身が苛まれたであろう問題と酷似している。ヘミングウェイの父、クラレンス・ヘミングウェイもまた自殺しており、その理由は健康上の問題、経済的問題、そして何よりも重度で慢性的な鬱病にあったと考えられている。マイケル・レノルズは、クラレンスは自分の自殺の原因について、家族の病歴の中に繰り返し現れる「自殺」という要素の他には、何のメッセージも残さなかったと述べている（Reynolds, *Homecoming* 212）。実際、クラレンスの死後、ヘミングウェイ家では少なくとも四人の自殺者が出ている。アーネスト・ヘミングウェイの妹であるアーシュラと弟レスター、孫のマーゴ、そしてアーネスト・ヘミングウェイその人である。この悲劇的な家族の歴史は、父親の自殺が家族に受け継がれた遺伝的なものではないかというヘミングウェイの恐れを十分に裏付けるものであるといえるだろう。

父親のように自分も自殺してしまうのではないかという不安と、勇敢な祖父への共感がないまぜになったジョーダンの長い独白は、彼がなぜアメリカ人でありながらスペイン市民戦争に参加したのかという、その根本的な理由を炙り出す。ジョーダンは表向きには政治的思想のために戦争に参加したのだと述べているが、祖父のことを回想するとき、彼は「自分も同じようなことをしなければならないのだから、おじいさんに質問する権利があるはずだ」（*FWBT* 338）と述べている。すなわち、ジョーダンにとってスペイン市民戦争（the Spanish Civil War）に参加することは、祖父がアメリカの市民戦争である南北戦争（the American Civil War）に参加したことと同等の行為なのである。国も時代も異なるものの、祖父と同じ「市民戦争」に参加することで、ジョーダンは自分は祖父と同じ「勇敢」な人間であり、父親のような「臆病者」ではないことを示そうとしたのである。

「ノスタルジアの香り」によって喚起された家族の記憶は、ジョーダンが「死の匂い」を忌避した理由をも明らかにする。父親と同じように自ら死を願った前任者カシュキンから匂ったという「死の匂い」に近づくことは、父親やカシュキンがたどった自殺という運命にジョーダン自身も近づくことを意味するからである。それゆえに、ジョーダンは「死の匂い」を連想させるパブロの不潔な匂いや、マリアの石鹸水の匂いやつぶれた花の香りを避け、松の木の香りなどの清潔な匂いに包まれることで、自身に迫りくる「自殺」という運命を無意識のうちに退けようとしたのではないだろうか。深読みをするならば、パブロと不潔な匂いを結びつけ、さらに橋の爆破の危険性を懸念する彼を臆病者と見なすことは、父のように「臆病者」として自殺するという不吉な運命を自分からパブロへと転移させる、隠れた意図すら読み込むことができるだろう。

しかしながら、自殺という運命から遠ざかろうとするジョーダンの試みとは裏腹に、橋の爆破の任務の間、ジョーダンは三度「死の匂い」を嗅ぐことになる。一度目は計画に反対していたパブロが考えを変えたと言った時、「パブロは彼のそばに立っていた。パブロからは口の中に銅貨を含んだような、真鍮のような、死んだワインの匂いがした」（*FWBT* 403）というように、「死の匂い」の二番目の要素である傷んだワインの匂いをジョーダンは嗅ぎ取っている。二度目は戦闘の最中、パブロがゲリラの新入りをわざと殺害して馬の数を確保し、古参のメンバーが無事に山へ逃げられるようにした時である。その時ジョーダンは「彼はパブロを見たくもなかったし、その匂いを嗅ぎたくもなかった」(*FWBT* 455)と考えている。そして最後に退却の途中、敵の銃弾に脚を撃たれたジョーダンが最後のメッセージをパブロに託す時、「ロバート・ジョーダンはパブロの匂いをはっきりと嗅いだ」(*FWBT* 461)と描かれる。パブロの放つ悪臭として描かれる「死の匂い」は、どれほど逃れようとしてもジョーダンに最後まで付きまとい、ついに彼を捕らえるのである。

小説の最後でジョーダンはマリアたちに山へ逃げるように告げ、負傷した自分は一人で藪に隠れ、追手を待ち受ける。敵を待つ間、ジョーダンは激しい傷の痛みのために何度も自殺の誘惑に駆られる。しかし、彼は「俺は親父のやったようなことはしたくない」「早く敵が来ればいいのに」(*FWBT* 470)と考える。敵に早く来て欲しい、というジョーダンは自殺を避けるため、早く敵と戦い、殺されることを願っているといえる。そしてジョーダンが地面に寝そべり、銃を構え、やってくる敵に狙いを定める場面で、彼の生死が明かされないまま小説は終わる。

この結末はジョーダンが最後まで自殺の誘惑に抗い、勇敢に敵と戦って死ぬという英雄的な最後を迎えることを暗示する場面とみなすことができるが、一方で、彼はちょうどカシュキンがそうであったように、苦痛から解放されるため、自ら殺されることを願ったのだ、と解釈することもできる。そう考えるなら、常に彼の周りに漂っていた「死の匂い」が暗示したように、父親と同じ自殺という運命に彼はついに絡めとられたのだといえるだろう。

実際、ジョーダンは藪の中で敵を待ち受ける間、「ピラールが言っていた屠殺場で血を飲む老婆たちの話は本当だ。真実が一つだけなんてことはない。あれはみんな本当だ」(*FWBT* 467) と考え、かつては迷信だと退けたピラールの「死の匂い」を真実だったと認めている。ジョーダンはさらに、かつて否定したピラールの手相占いのような未来の予知についても思いを馳せる。

覚えているか? ピラールと手相のことを。あのたわごとをお前は信じているのか? いや、信じない。こんなことがあった後もか? いいや、俺は信じない。この一幕が始まる前の朝、彼女はうまいことを言っていた。彼女は俺が信じているんじゃないかと心配していた。俺は信じていなかったけれど、彼女は信じていた。何かが見えるらしい。あるいは何かを感じるのだ。まるで鳥を追う猟犬のように。超感覚とはなんだろう? (*FWBT* 467)

自分は迷信など信じないと言いながらも、第六感のような予感の存在を認め始めるジョーダンの態度は、彼自身が「死の匂い」によって暗示された自らの死の運命を受け入れたと考えることができるだろう。

だが、「死の匂い」と対をなす「ノスタルジアの香り」である松の木の香りは、この最後の場面でも重要な役割を果たす。敵の姿が見えた時、「彼は腹這いになった地面に散らばる松葉に手のひらで触れ、身を隠している松の幹に触れた」(*FWBT* 471) というように、自身を守るように生える松の葉や幹に触れ、その存在を確かめている。彼が松の幹で銃口を支え、敵を待ち受けながら、「森の地面に広がる松葉に押し付けられた心臓が脈打つのを感じた」(*FWBT* 471) という場面で物語は幕を閉じる。まさにこの小説の最後の場面、ジョーダンが死に最も近づく瞬間に彼は松の木の葉の香りに包まれているのである。これまで述べてきたように、松の木の香りは不潔かつ不吉な「死の匂い」を遠ざける清潔な「ノスタルジアの香り」である。それゆえに、松の木の下でその香りに包まれることで、仮に彼が敵に撃たれて死ぬとしても、それは苦痛から逃れるために敵に撃たれるという間接的な自殺ではなく、仲間を守るために命を落とす英雄的な死へと変化するのである。

このように、『誰がために鐘は鳴る』では「匂い」はジョーダンの隠された過去や口に出されることのないさまざまな心情を伝える重要な役割を果たしており、ヘミングウェイの言葉を借りるなら、「すぐには分からないさまざまな効果を生み出す」(*SL* 513) 役割を担っているのである。ライアル・ワトソンによれば、匂いは無意識や過去の記憶と深く結びついており、時には未来の予知すら可能であるという (Watson xiv, 178-83)。実際、本作において、ジョーダンの未来を暗示する「死の匂い」や、彼の秘められた記憶を呼び覚ます「ノスタルジアの香り」など、匂いは過去と未来、現実世界と超自然的世界をつなぐ媒介として存在している。この匂いという媒介によって、ジョーダンの抑圧された過去の記憶や表面上は語られない彼の心情は、橋の爆破という物語のプロットと密接に絡み合い、ちょうどオーケストラにおいてヴァイオリンなどの主旋律を背後で支える「ヴィオラやオーボエ」(*SL* 513) の役割を果たすのである。

ヘミングウェイは人間の無意識や過去と結びついた「匂い」を効果的に用いることで、ジョーダンの持つ愛や憎しみ、恐怖といった葛藤を感傷的な言葉を使うことなく見事に表現している。すなわち、一見すれば私情を排してスペインの民衆のために命を賭して戦うという「ハード・ボイルド」なジョーダンの持つ、恐怖と不安にさいなまれた「ソフト・ボイルド」な側面を「匂い」によって語るのである。

さらに言うならば、「匂い」はヘミングウェイが持つ伝統的なキリスト教的価値観と科学に基づく現代的価値観との対立と葛藤をも描き出している。「匂い」は一方では人間の運命や未来を暗示し、人間の善悪をも暴き出す超自然的な神の力の発露である。だが一方で、「匂い」は人間の生理や脳に影響を及ぼす化学物質を持った物質であり、人間の自由意思によって悪臭を取り除き、清潔な匂いを加えることができるものでもある。それゆえ、本作において「匂い」は二つの対立する側面を持つ。神の示す運命の力と人間の意志の力である。

キリスト教価値観と神の力に対する反抗と屈従はヘミングウェイの作品に脈々と書き継がれるテーマの一つである。『武器よさらば』のフレデリックも、『誰がために鐘は鳴る』のジョーダンも、いずれも神の力や伝統的価値観に対し不信を示している。そして『武器よさらば』では不吉な「雨」から、『誰がために鐘は鳴る』では「死の匂い」から逃れることで、姿なき神がもたらす死の運命から遠ざかろうとする。しかし、フレデリックが死の危険がある戦場から離脱し、ジョーダンが「臆病」な父のような自殺を回避するために戦争に参加しようと、最後には彼らは逃れようとしてきた運命と対峙し、それを受け入れることになるのである。

一見すると、フレデリックもジョーダンもどちらも神や運命の力に屈したように見えるが、両者の間には大きな違いがある。『武器よさらば』ではフレデリックはキャサリンと共に「清潔」なスイスへ逃亡することで「不潔」な雨の暗示する死から逃れようとするが、最後にはキャサリンと赤ん坊の死によって「雨」が暗示した死の運命に捕らえられる。「雨」の中を一人歩き去るフレデリックの姿は神に逆らい、そして膝を屈することになった反逆者の悲しい姿のようにも見える。

しかしながら『誰がために鐘は鳴る』の結末は、ジョーダンが「死の匂い」の運命に飲み込まれたとも、その運命を「ノスタルジアの香り」によってわずかなりとも変えたとも解釈できる。負傷して敵を待ち受けるジョーダンは恐らく死から逃れることはできないが、彼が最後に「ノスタルジアの香り」である松の木の葉の清潔な香りの中で自身の「心臓が脈打つ」(*FWBT* 471) 感覚、すなわち自身の命を強く感じることで、不潔な「死の匂い」が暗示した自殺という運命を退けたという印象を読者に与えるのである。

どんな人間も神が与えた運命、もしくは遺伝的に受け継がれた素因から逃れることはできない。しかし、ジョーダンは逃れたいと願っていた運命と対峙し、自身を取り巻く「匂い」を取捨選択することで、最後には自身の生と死に新たな意味を与えるのである。一見すればあまりにも長く、そして意味が分かりにくいと見なされてきた本作における「匂い」の描写やモノローグは、実のところ、ジョーダンの内なる死の恐怖とそれとの対峙、そして神と運命への抵抗の物語を奏でる、欠くことのできないヴィオラとオーボエなのである。

註

（1）エルメスの専属調香師であったジャン＝クロード・エレナは、「ナイルの庭」や「地中海の庭」など、世界各地を旅した記憶と植物の香りを結びつけ、「庭」シリーズと呼ばれる人気の香水を数多く作り、その著作『香水――香りの秘密と調香師の技』において、香りと記憶の関係について記している（エレナ 八〇）。

（2）ヘミングウェイ自身は煙草も葉巻も吸わないが、「パパ・ヘミングウェイ」と呼ばれ、男らしさの代名詞となったヘミングウェイのイメージが、葉巻の男性的なイメージと一致するためか、彼が晩年を過ごしたキューバでは彼の名を冠した「ヘミングウェイ」というブランド名の葉巻がアルトゥーロ・フエンテという葉巻会社から販売されている。

第六章

ライオンの食卓

――「よいライオンの話」における「食」

はじめに

「君がどんなものを食べているか言ってみたまえ。君がどんな人間であるかを言い当ててみせよう」(サヴァラン 二一)。フランスの法律家、政治家、そして著名な美食家であるブリア・サヴァランのこの有名な言葉は、ヘミングウェイ作品の多くの主人公たちに当てはまる。リンダ・アンダーヒルらは、ヘミングウェイ作品の主人公たちが現地の人々と同じ食事を食べ、時には同じ皿や瓶から分け合うことで、異国の文化を吸収しようとする傾向があると述べている (Underhill and Nakjavani 87)。

例えば『日はまた昇る』の主人公ジェイクはパリでシャンパンや子豚料理をはじめ、さまざまなフランス料理を堪能し、スペインではバスク人と共に革袋からワインを飲み、闘牛を観戦するパンプローナでも地元の人々と食事や酒を分け合っている。『武器よさらば』の主人公フレデリックは第一次世界大戦の戦場でイタリア人兵士たちとスパゲッティを分け合い、『誰がために鐘は鳴る』の主人公ジョーダンはスペイン市民戦争において、スペイン人のゲリラ部隊とウサギのシチューを共に食する。地元の人々と現地の食事を分け合う場面は、異文化に対する主人公たちの共感と理解を示す役割を果たしているといえる。

しかしその一方で、「食」は登場人物の暗部を照らし出すこともある。本章で扱う短編小説「よいライオンの話」は、ヘミングウェイ作品の中でも登場人物の秘められた側面と「食」の関りを顕著に示すものである。「よいライオンの話」は子ども向けの寓話として、もう一つの寓話「一途な雄牛」（"The Faithful Bull"）と共に、「とても複雑なアメリカ人作家アーネスト・ヘミングウェイによる、とても複雑な寓話」（Hemingway, "The Good Lion" 50）という見出しのもと、雑誌『ホリデー』（*Holiday*）において一九五一年に発表された。

これらの寓話はヘミングウェイの有名な短編作品と共に『フィンカ・ビヒア版ヘミングウェイ全短編集』（*The Complete Short Stories of Ernest Hemingway: The Finca Vigia Edition*, 1987）に収録されているにもかかわらず、研究者の間での位置づけは低く、文学批評の対象となることはごく稀である。ポール・スミスは「よいライオンの話」と「一途な雄牛」はわずかに伝記的な重要性はあるものの、物語として研究する根拠はほとんどないと述べている（Smith 395）。ケネス・G・ジョンストンはライオンと雄牛はヘミングウェイの自己愛的な自画像であり、自己正当化の物語であり、寓話という形を取ることで文学的批判の対象となることを回避していると批判している（Johnston, "The Bull and the Lion" 149）。逆に言えば、これらの作品は寓話という形式ゆえに文学作品と見なされず、軽視されてきたと考えることができる。

確かに「よいライオンの話」はヘミングウェイが懇意にしていた若いイタリア人女性アドリアーナ・イヴァンチッチの幼い甥ジェラルドに捧げられた作品であり、アドリアーナによって絵本風のイラストが添えられて雑誌に掲載されているため、一見子ども向けの物語のようにも見える。しかしながら作品が掲載された『ホリデー』誌が、上等なウィスキーや自動車などの広告を多く掲載した、裕福な男性用の旅行雑誌であることを忘れてはならない。「よいライオンの話」にはさまざまなカクテルや異国の料理が登場するが、それは幼い子どもの好む食べ物とは到底考えられず、むしろ上質な酒や異国情緒を求める『ホリデー』誌の大人の読者の嗜好にこそ適ったものであるといえよう。すなわち、一見子ども向けの寓話の装いをしているものの、実際のところ「よいライオンの話」はヘミングウェイの他の短編小説同様、大人の読者に向けて書かれた作品であり、わずかに表面に現れた氷山の一角の下に、より大きな物語と意味が秘められていると考えることができる。

「よいライオンの話」に描かれた「食」は、特に主人公の外面と内なる欲望との間の葛藤を示唆する重要な役割を担っている。「食」にまつわる場面をより詳細に考察することで、長らく文学的に軽視されてきた本作が、実は単なる子ども向けの寓話ではなく、またジョンストンの言う「自己愛的な自画像」でもなく、『ホリデー』誌掲載時の作品の見出しが示すように、「とても複雑な」作品であることが明ら

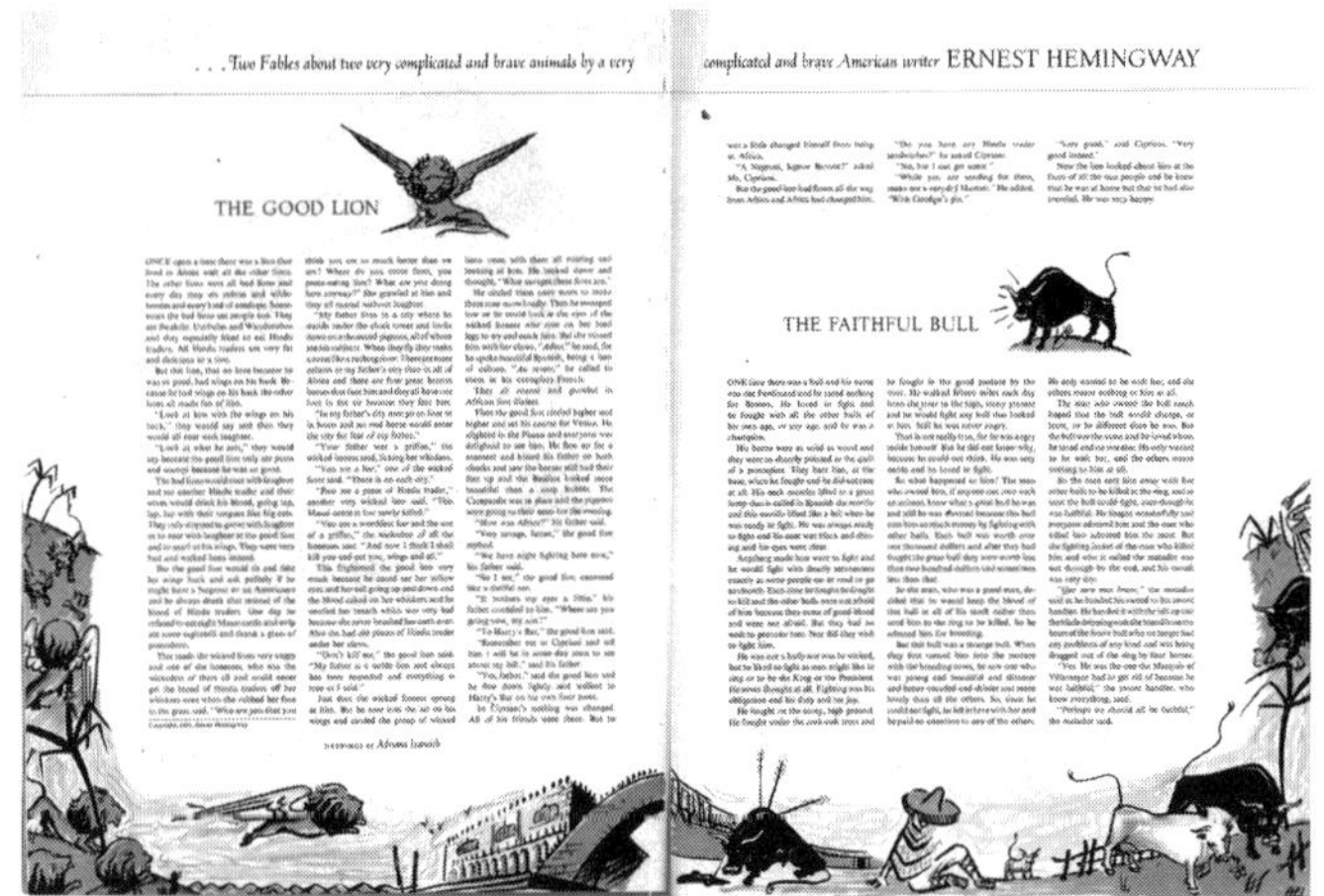
. . . Two Fables about two very complicated and brave animals by a very complicated and brave American writer ERNEST HEMINGWAY

THE GOOD LION

THE FAITHFUL BULL

アドリアーナ・イヴァンチッチによる挿絵つき「よいライオンの話」「一途な雄牛」
(『ホリデー』3 月号、1951 年、pp. 50-51)

ウィスキーと自動車の広告『ホリデー』3 月号、1951 年、p.13, 21

かになるだろう。

1.「食べ物」が語る物

本作は「よいライオンの話」と題されているが、そもそもなぜ主人公のライオンは「良い」(good)と呼ばれるのだろうか。まず始めに、「食」の描写を通じてライオンの「善良」さを定義したい。物語は以下のような描写で幕を開ける。

> 昔々、アフリカで他のライオンたちと一緒に暮らしていた一頭のライオンがおりました。他のライオンたちはみな悪いライオンで、毎日シマウマや野生の獣やあらゆる種類のレイヨウを食べていました。時には悪いライオンたちは人間も食べました。(CSS 482)

この冒頭の場面ではアフリカのライオンたちが野生動物や人間を食べるため「悪いライオン」と表現されている。一方で、背中に翼がある主人公のライオンは「彼はとてもいいライオンなので、パスタとスキャンピだけを食べました」(CSS 482) と紹介されている。獣や人間を食べるライオンは「悪い」ライオンであり、食べないライオンは「良い」ライオンであるというこの単純な二項対立は、本作を子ども向けの寓話と見なすならば、いたって自然であるといえる。

しかしながら、見逃してはならないのはライオンたちの善悪の根拠として書かれている事柄が、彼らの「食」の嗜好が西洋的か非西洋的かに基づいている点である。パスタも車海老を使った料理であるスキャンピ（scampi）も代表的なイタリア料理であり、このような西洋的食文化を好む者は、西洋的な文化や道徳にも適合すると見なされるからこそ、主人公のライオンは「良い」ライオンとして位置づけられ、逆に獣や人間を食べるライオンたちは西洋的文化や道徳に反する「悪い」ライオンとして描かれるのである。

冒頭の段階では、「良い」ライオンのイタリア料理好きは彼が西洋文明に根差した文化や価値観を持つ、西洋的視点から見て「良い」存在であることを示すに過ぎないように見える。しかし、冒頭でライオンの善良さを示した「食」の好みは、やがて彼の暗部を暴いて行く。

物語の序盤において、他のライオンたちがマサイ族の牛を食べるのに対し、「良い」ライオンは「タリアテッレ」と「グラス一杯のポモドーロ」（CSS 482）を所望する。タリアテッレはイタリアの平たく細いひも状のパスタであり、ポモドーロはイタリア語で「トマト」を意味するため、グラス一杯のトマトジュースを求めたということである。この西洋料理、特にイタリア料理に対するこだわりが「良い」ライオンと他のライオンたちの間に決定的な亀裂を生じさせるきっかけとなる。

雌ライオンは「私たちよりよほど立派だと考えているお前は一体何様なんだい？　お前は一体どこから来たのさ、このパスタ食いのライオンめ。ここで一体何をしてるんだい？」（CSS 482）と言って「良い」ライオンをののしる。アフリカのライオンのように動物を食べることを拒み、イタリア料理を偏愛する「良い」ライオンの食の好みは、単なる嗜好の問題ではなく、ライオンの習慣よりも人間の文化を、ひいてはアフリカよりもイタリアなどの西洋文化を重んじる高慢さの証として、雌ライオンから糾弾されるのである。

実際この雌ライオンに対し、「良い」ライオンはこれまでの上品な立ち居振る舞いとは打って変わった傲慢さで、自分の父親はヴェニスの王であり、サン・マルコ広場の鳩やブロンズの馬の彫像は父を恐れ従う臣下であると述べ、さらに「アフリカの全部よりもっとたくさんの宮殿が父さんの街にはあるんだ」（CSS 428）と続ける。ヴェニスという一つの都市が、アフリカ全土よりも多くの宮殿を持っているという この言葉は、明らかにイタリア文化の優位性を誇示し、アフリカ文化を貶め、卑小化するものである。この不遜な言葉に怒ったライオンたちの牙から逃れるため、背中の翼で空に舞い上がると、「良い」ライオンはその高慢さをさらに露呈する。他のライオンたちを見下ろし、「良い」ライオンは「なんて野蛮なライオンたちなんだろう」（CSS 483）と考え、他のライオンたちが「アフリカ・ライオンの方言」（CSS 483）で吼えるのに対し、自身は「教養あるライオン」（CSS 483）として流暢なスペイン語とフランス語で彼らに別れを告げる。

このように、「良い」ライオンのイタリア料理へのこだわりは、一見すれば彼の西洋的価値観に基づく「善良」さという道徳性を示すように見て取れるが、その一方で、このイタリア料理への固執が、雌ライオンの言葉が示す通り、彼が自分を他のライオンよりも優れた存在であると考え、ヨーロッパの言語を話すことを「教養」（culture）の証として尊び、アフリカのライオンの言葉を「方言」（dialect）を吼える者として蔑む差別的な側面を持つことを浮かび上がらせるのである。

ジェイクやフレデリック、ジョーダンのような積極的に異国の言語、文化、食生活を吸収しようとするヘミングウェイ作品の代表的な主人公たちと比べると、アフリカのライオンの食生活や言語を蔑み拒否する「良い」ライオンは異質な主人公のように思えるかもしれない。しかしながら、アフリカを舞台としたヘミングウェイ作品の主人公たちと比較するならば、このライオンの西洋文化への固執も決して例外的とはいえない。

例えば、一九三六年に発表され、ヘミングウェイの短編作品の中でもとりわけ評価の高い「キリマンジャロの雪」の主人公ハリーは、サバンナに滞在しながら「ウィスキー・ソーダ」(CSS 40)を飲み、妻はトムソンガゼルを射止めると「モロがいいスープを作ってくれるわ。クリムを混ぜたマッシュポテトも作らせるわ」(CSS 46)と言って使用人たちに夕食の献立を指示する。ここで彼女が言う「スープ」(Broth)とは肉や野菜を煮て作る澄んだコンソメ風スープであり、マッシュポテトに混ぜられた「クリム」(Klim)とは一九二〇年代にアメリカの家庭で一般的であったメレル・ソウル・カンパニー製の粉ミルクの商品名である。すなわち、アフリカの野生のトムソンガゼルが材料であっても、調理法はあくまで西洋的である。現地の食生活を受け入れ、土地の人々と料理を分け合うことが主人公たちの異文化への共感と理解を示唆するのであれば、アフリカにいながら西欧風の食生活を保持しようとするハリーたちの態度は、アフリカ文化を吸収するのではなく、あくまでも西洋文化を固持しようとする意識の現れであるといえよう。

「キリマンジャロの雪」と同年に発表され、共に評価の高い「フランシス・マカンバーの短く幸福な生涯」では、主人公フランシス・マカンバーはサバンナでの狩りの後、妻と狩猟ガイドのロバート・ウィルソンに対し、「ライム・ジュースかレモン・スカッシュ」(*CSS* 5) を飲むかと尋ね、最終的には全員で「ギムレット」(*CSS* 5) を飲むこととなる。サバンナの真ん中でアメリカやヨーロッパにいるかのようにウィスキーやギムレットを飲むマカンバーたちは、食事においてもハリーたちと同じく西洋流を貫く。獲物のレイヨウを食べる場面では、「マカンバーはレイヨウのステーキを切りマッシュポテトを乗せ、肉を突き刺したフォークの上に人参を乗せた」(*CSS* 10) というように、アメリカのビーフステーキと同様、レイヨウをステーキとして焼き、マッシュポテトやニンジンの付け合わせと共に食している。

ヘミングウェイの自伝的アフリカ旅行記『アフリカの緑の丘』においても、語り手たちは西洋流の食生活を変えることはない。語り手たちはトムソンガゼルを食す際、「新鮮なバターと」「ガゼルのチョップ、マッシュポテト、青トウモロコシ、そしてデザートのフルーツの盛り合わせ」(*GHOA* 28) というように、慣れ親しんだ西洋風の調理法を選択し、さらには「ウィーン風の特別デザート」(*GHOA* 27) まで楽しんでいる。『アフリカの緑の丘』においてもっとも注目すべき食事風景は、語り手がマサイ族と出会う次の場面であろう。この場面で語り手はマサイ族の食事を共に分け合うのではなく、自分たちが持ってきた缶詰やパンをマサイ族に分け与えている。

そこで私はマコーラにミンス・ミートとプラム・プディングの缶詰を二つ開けさせ、それを切り分けて彼らに渡した。私はマサイ族は家畜の血と乳を混ぜたものだけを食べて生きており、その血は至近距離から矢で撃った傷から搾り取るのだと本で読んだり人から聞いたりしていた。しかしながら、このマサイ族たちはパンやミンス・ミート、プラム・プディングを笑ったり冗談を言ったりしながら大変喜んで食べた。（*GHOA* 201-202）

表面的には語り手はパンや缶詰も抵抗なく喜んで食べるマサイ族を描くことで、家畜の血と乳を混ぜたものだけを食べているというマサイ族に対して偏見を持っていないことを示しているように見える。しかし、マサイ族が実際どのような食生活をしているのかが語られることはなく、語り手がマサイ族の食事を口にしている場面も描かれない。異国の食を共有することが異文化の受容を意味するのであれば、語り手の行動はマサイ族の文化を自らの内に取り入れるのではなく、パンや缶詰といった西洋的食事を分け与えることで、マサイ族を西洋の文化に同化させようとするものであるといえよう。

これら一九三五、六年に執筆されたアフリカを舞台とする三作品において、西洋風の食事にこだわり、アフリカの現地の食事を避ける主人公たちの行動は、知的で洗練された趣味を持つ西洋人が示す当然の行動として比較的無批判に描かれているように思われる。ところが、西洋的食生活の好みが含意する差別的側面は、その後の作品で明示的に描かれるのである。これらの作品から約一六年後に執筆された「よいライオンの話」において、「良い」ライオンが示す西洋料理に対する固執とアフリカのライオンたちの食習慣への嫌悪は、「良い」ライオンが抱く西欧文化優位の高慢さとアフリカの文化を貶める差別的な側面を暴き出す意図を持って描かれている。

ジェイン・ウィドメイヤーは「良い」ライオンを「偽善的なグリフォン」（Widmayer 433）と呼び、雌ライオンについて、「この悪い雌ライオンはライオンが本来どうあるのかを表現している。血はその口元にこびりつき、その息は臭い。なぜなら生まれてから一度も歯を磨かないからだ」（Widmayer 434）と述べている。すなわち、アフリカのライオンにとって動物や人間を食べることは自然であり、ライオンがひげのまわりに血をこびりつかせて獲物の血を飲むことは、『日はまた昇る』においてスペイン人が革袋からワインを飲むことと同等の行為であるといえよう。ウィドメイヤーはさらに「よいライオンの話」と「一途な雄牛」の二つの作品は、単なる自己弁護的な寓話ではなく、「見せかけと気どりに対する風刺的攻撃」（Widmayer 433）であり、同時に「ヘミングウェイ自身によるアーネスト・ヘミングウェイのパロディ」（Widmayer 433）であるとも述べている。

ヘミングウェイは自身と主人公の間にしばしば共通点を持たせるが、本作においても「良い」ライオンがヘミングウェイ自身の経験を投影した「パロディ」であることは明白である。実際にヘミングウェイは一九二〇年代にはパリに住み、しばしば闘牛観戦のためスペインを訪れていたため、「良い」ライオンと同様にフランス語とスペイン語に堪能であった。パリやスペインの文化と言語に通じているという要素は、『日はまた昇る』でフランス語とスペイン語を流暢に話すジェイクをはじめ、多くのヘミングウェイ作品の主人公に共通している。また、ヘミングウェイは一九三三年にはアフリカを旅行し、「良い」ライオンのようにサファリを楽しんでいる。次項でより詳しく考察するが、物語の後半で「良い」ライオンはゴードン・ジンで作ったドライ・マティーニを飲んでおり、それはヘミングウェイのトレードマークともいえるお気に入りのカクテルの一つである（ボレス 一六四）。

このように、「良い」ライオンは作者ヘミングウェイと、その面影を宿した他の多くの主人公たちを反映した鏡のような存在であるといえるが、それが映し出すものは、ヘミングウェイとその主人公たちが洗練された旅行者という装いの下に秘めていた西欧文化優位の高慢さと、アフリカの文化を「野蛮」と見なし忌避する無意識の差別である。

2．秘めたる渇き

「飲み物」もまた、「食事」と同様に「良い」ライオンの隠された欲望を暴く重要な機能を持っている。アフリカのライオンたちとの諍いによって故郷のヴェニスに帰った「良い」ライオンは、アフリカでは決して人間を食べようとしなかったにもかかわらず、立ち寄ったバーで店主に対し「ヒンドゥー教徒の商人のサンドイッチ」（CSS 483）はないかと尋ねる。バーテンダーが「今はないが、手に入れることはできる」（CSS 483）と答えると、ライオンは「それが届くまで、とてもドライなマティーニを作ってくれ」「ゴードン・ジンでね」（CSS 483）と返答する。そして、ライオンは周りの人々を見回し、「彼は家に帰って来たと実感したが、しかし、彼は旅をしてきたのだ。彼はとても幸せだった」（CSS 484）と考え、物語は幕を閉じる。

この場面では、ライオンが注文する「ヒンドゥー教徒の商人のサンドイッチ」は生々しい人食いライオンの食事としてではなく、バーテンダーが動揺することもなしに用意できる、エキゾチックな料理の一つとして描かれている。ウィドメイヤーはライオンが「ヒンドゥー教徒の商人のサンドイッチ」を注文し、自分が旅行によっていかにエキゾチックな食文化を体験したかを周囲の客たちに見せつけることで、経験豊富な旅行者としての虚栄心を満たし、「とても幸せ」になっていると指摘している（Widmayer 434）。

しかしながら、アフリカへの旅は本当に「良い」ライオンの嗜好を変化させたのだろうか。この点を見極めるため、ライオンが示す「飲み物」への好みを詳しく考察して行きたい。アフリカ滞在中、「良い」ライオンは「もしできればネグローニかアメリカーノを頼みたいと丁寧に尋ねた。彼はいつもそれをヒンドゥー教徒の商人の血の代わりに飲むのだ」（CSS 482）とされている。「ネグローニ」（Negroni）とはジンとベルモット、カンパリで作るカクテルであり、イタリア人のカミーロ・ネグローニ伯爵に由来して名づけられたものである（澤井　一〇七）。「アメリカーノ」（Americano）もまたカンパリ、スイートベルモット、ソーダから作られるカクテルであり、一八六〇年代にイタリアで「ミラノ・トロント」の名で生まれたが、アメリカ人の旅行者がこのカクテルを好んだことで一九〇〇年代には「アメリカーノ」と呼ばれるようになる（澤井　一四九）。

このようなイタリア生まれのカクテルを好む「良い」ライオンは、イタリアの文化になじんだ洗練された旅行者であることを読者に印象付ける。しかし、これらのカクテルは彼の秘められた欲望を示唆する。まず注目したいのはカクテルの名前である。「ネグローニ」と「アメリカーノ」というカクテル名は明らかに人間の「黒人」（Negro）と「アメリカ人」（American）を彷彿とさせる。さらに、この二つのカクテルはカンパリによる深い赤色を特徴としているが、それは赤い血の色を思わせる。すなわち、他の「野蛮な」ライオンたちのようにヒンドゥー教徒の血を飲む代わりに、西欧文化に親しんだ「文化的」なライオンであることを示すはずのカクテルが、皮肉にもその名前と色によって、「良い」ライオンが実のところ「黒人」と「アメリカ人」の血を飲みたがっている、という隠された一面を暗示するのである。

さらに、前述したように「良い」ライオンはマサイ族の牛を食べるのを拒み、タリアテッレというパスタと「グラス一杯のポモドーロ」（CSS 482）、すなわちトマトジュースを好んで食したことで他のライオンたちと決別してしまう。表面的にはトマトジュースを飲むことには、「良い」ライオンが血や肉ではなく野菜を好む、安全で「良い」存在であることを示す効果があると思われるが、トマトジュースの赤い色は「ネグローニ」や「アメリカーノ」の赤い色と同様、血の色を想起させるものでもある。すなわち、「良い」ライオンは人間や動物の血肉を口にすることを拒み、西洋の文化と道徳に沿った「善良さ」を身に着けていることを、イタリア生まれのカクテルやトマトジュースなどの植物由来の「飲み物」によって示すが、その「飲み物」の名前と色が、実のところ西洋の道徳観から見れば「悪」と見なされる人間の血への渇望が「良い」ライオンの内に潜んでいる可能性を示唆するのである。

「良い」ライオンに限らず、ヘミングウェイ作品の主人公たちはしばしば西洋の伝統的な社会規範から逸脱した行為に惹かれつつ、それを抑圧し葛藤する。『武器よさらば』の主人公フレデリックと恋人のキャサリンは、当時のアメリカでは不道徳とされる婚前交渉を行い、喜びを感じる一方で、神から下される罰におびえ、婚前交渉の結果身ごもった子どもを出産したためにキャサリンが死ぬ場面では、その死を不道徳に対する罰と捉える。また、『日はまた昇る』の主人公ジェイクと親友のビル、および『武器よさらば』のフレデリックと軍医リナルディとの間には同性愛的な愛情がほのめかされるが、キリスト教の規範に反するその欲望を、主人公たちは友情や仕事という建前によって隠蔽する。[1]

一見子ども向けの寓話のように思われる「よいライオンの話」においても、「良い」ライオンはヘミングウェイ作品の他の主人公たち同様、西欧文化に根差した洗練された趣味と「善良」さの裏に、西洋的価値観からは「悪」と見なされる欲望を秘めているのである。「飲み物」はライオンに西洋的「善良」さの装いを付与すると同時に、ライオンが抱える「悪」と呼ばれる行為への秘めたる渇きを示唆する、重要かつ「複雑な」機能を持っているのである。

3. 野性の仮面

最後に、「良い」ライオンがヴェニスのハリーズ・バーで注文する料理が持つ意味について論じたい。「良い」ライオンはヴェニスに帰ると、サン・マルコ広場に立つ翼あるライオンの彫像である父親を訪ね、次のような会話を交わす。

彼は少しの間飛んで父親にキスをした。馬は変わらず脚を上げ、バシリカ聖堂は石鹸の泡より美しく見えた。鐘楼は同じ場所にあり、鳩たちは夜に備えて巣に戻るところだった。

「アフリカはどうだった？」彼の父は言った。

「とても野蛮でしたよ、父さん」良いライオンは返事をした。

「ここでは夜の照明が始まったんだ」と父親は言った。

「へえ、そうなんですね」と良いライオンは従順な息子のように答えた。

「あれはわしの目を少しばかり傷めるんだよ」と父親は彼に打ち明けた。「今度はどこへ行くんだね、息子よ」

「ハリーズ・バーへ」と良いライオンは答えた。（CSS 483）

この会話から、ヴェニスの町を見た「良い」ライオンがサン・マルコ広場の馬の彫像が「変わらず」(still) 脚を上げたままであり、鐘楼も「同じ場所」(in place) にあると考えている点から、ヴェニスが以前と同じ状態であるのに対し、自分が「とても野蛮」(very savage) なアフリカを旅したことでいかに変化したかを父親に自慢しようとしていると考えられる。しかし父親のライオンは息子の土産話に強い興味を示さず、ヴェニスの町の変化を象徴する「夜の照明」について語り始める。すると「良い」ライオンは自らの変化をより強く印象付けられる場所を求めて、すぐにハリーズ・バーに向かう。

バーの様子は「チプリアーニの店は何ひとつ変わってはいなかった。彼の友人はみんなそこにいた。しかし、彼自身はアフリカに行って変わったのだ」（CSS 484）と描写される。バーとその客たちはいつもと変わらずそこにいる、と描写され、そのためアフリカ旅行をした「良い」ライオンの変化が対照的に強調されることになる。さらに、バーテンダーのチプリアーニが「ネグローニですか？　男爵様」（CSS 484）と尋ねると、ライオンは「しかし良いライオンはアフリカから飛んできたのだ。アフリカは彼を変えた。『ヒンドゥー教徒の商人のサンドイッチはあるかい？』と彼はチプリアーニに尋ねた」（CSS 484）というように、旅による自分の変化を誇示するような発言を見せる。

この場面はアフリカでの場面と対照をなしている。アフリカでは「良い」ライオンは「ヒンドゥー教徒の商人の血」（CSS 482）を飲むことを拒み、「ネグローニ」はないかと尋ねることで、自らがいかに洗練された西洋文化を身に着けているかを証明した。一方で、ヴェニスでは「ネグローニ」を断り「ヒンドゥー教徒の商人のサンドイッチ」を求めることで、アフリカ旅行を経て自分がいかにエキゾチックで野性的な嗜好を身に着けて帰ってきたかを示そうとしているといえよう。

ヴェニスという西欧を代表する都市で意図的に自身の野性やエキゾチックさを誇示しようとするライオンの姿勢に、本作が執筆された一九五〇年代に「マッチョで男らしい、異国趣味のヘミングウェイ」を求める大衆やメディアの影響を読み取ることができるかもしれない。デイヴィッド・アールは、一九五〇年代のさまざまな男性向けの雑誌においてヘミングウェイの男性性が誇張され、独り歩きしていたこと、そしてヘミングウェイ自身、そのようなマッチョ・イメージを否定しつつも、時には自らそのイメージを助長したことを明らかにしている（Earle 70-74）。アフリカの旅から戻り、ヴェニスのバーで「ヒンドゥー教徒の商人のサンドイッチ」を求めるという、いささか見え透いたポーズを取るライオンのふるまいは、雑誌記者の求めに応じて男性性や異国趣味が誇張された発言をしてみせるヘミングウェイ自身の自虐的な姿なのかもしれない。

さらに、このヴェニスでの注文で注日すべきは、ライオンが示そうとしている野性が、あくまでも見せかけであることを露呈している点である。彼が注文したのはアフリカのライオンたちが食べていたような生の肉血ではなく、西欧人の好みに合致した「サンドイッチ」と「マティーニ」である。つまり、アフリカがいかに彼を「変えたのか」を示すための食べ物が、逆に彼の嗜好がいかに西洋文化の枠内に留まっているかを証明してしまうのである。

このように、「よいライオンの話」における「食べ物」と「飲み物」はアイロニカルな二面性を持つことがわかる。ライオンの執拗な西洋の食への固執と、アフリカのライオンたちの食生活に対する拒否感は、彼が西洋の文化と倫理観に則した「良い」存在であることを意味すると同時に、西洋文化を優位と位置づけ、アフリカの文化を無意識のうちに拒否した一九三〇年代のヘミングウェイ作品の主人公たちを暗示する自己批判的なパロディーとして機能する。そして、アフリカにおいて、主人公のライオンが「ネグローニ」や「アメリカーノ」といったカクテルや、イタリア的な「グラス一杯のポモドーロ」を求めることは、彼の西洋的「善良」さを表す一方で、皮肉にも彼がヘミングウェイ作品の他の主人公たちのように西洋的には「悪」とされる欲望を抱いていること——本作では「黒人」や「アメリカ人」といった人間の血を欲している可能性——をその色や名前の中で提示するのである。さらに、ヴェニスでライオンが注文する「ヒンドゥー教徒の商人のサンドイッチ」は、表面的には彼がアフリカでの旅を通じてエキゾチックな嗜好を身に着け、いかに変化したかを証明する役割を果たしているが、同時にそれが「サンドイッチ」であり、一緒に注文している飲み物が「マティーニ」であることは、彼が示そうとする野性はあくまでも西洋文化の範囲内に限定された一種の仮面でしかないことを明らかにしてしまうのである。

本作は雑誌掲載時は一ページ少々しかない小品であり、長らく文学的価値が認められて来なかった。しかしそこに描かれた「食」は、ヘミングウェイ作品の主要な主人公たちが持つジレンマや内的葛藤を、「良い」ライオンも同様に秘めていることを明らかにする重要な意味合いを持っているのである。一見、寓話という形式のために単純に解釈されがちな「善」と「悪」という区別が、文化的尺度によって一方的に定められた相対的なものであることを、「食」にまつわるライオンの態度がアイロニカルに示し、従来のアフリカを舞台としたヘミングウェイ作品の主人公たちを自己批判する側面も含んでいる。このように巧みに配置された「食」の描写に鑑みれば、「よいライオンの話」は単なる子ども向けの寓話の域を超えた、「とても複雑な」ヘミングウェイ作品の縮図といえるのではないだろうか。

註

（1）拙論において、『武器よさらば』に描かれた登場人物の「手」の色や形、動き方にまつわる描写が、主人公フレデリックが隠蔽する軍医リナルディへの同性愛への関心や、戦争と死への恐怖をどのように暴くのかを考察した。さらに、恋人であるキャサリンが差し伸べる「手」を拒絶するフレデリックの仕草が、彼女との恋愛を隠れ蓑とし、同性愛や戦争、死から逃れようとしたフレデリックの秘められた意図を暴露することを論じた（勝井「パッションのゆくえ」九二―一〇七）。

第七章

カジキの肉、キリストの血
――『老人と海』における「味覚」

はじめに

ヘミングウェイが生涯を通じて「食」に大きな関心を持っていたことは有名である。カーロス・ベイカーは伝記の中で、ヘミングウェイの最初の妻ハドレーの友人であるルース・ブラッドフィールドの言葉を引用し、若きヘミングウェイが書くことやボクシングだけでなく、食や酒に対しても広く関心を持っていた様子を紹介している（Baker, *A Life Story* 117）。『ヘミングウェイ　美食の冒険』の作者であるクレイグ・ボレスは、「彼は食べたいだけ食べ、飲みたいだけ飲んだ。彼の作品は、料理と酒のエピソードに事欠かず、壮観な描写もあれば、ありふれた表現が興味をそそることもある」（ボレス　一一）と述べている。ボレスは作品の中に登場する食べ物が読者に与える役割の大きさについて以下のように続ける。

アグアカーテ、マロンのピューレ、シャンベリー・カシス、アモンティラードといったそそられる言葉が、ページを繰るたびに響きわたる。本のカバーが色あせても、舌触り、味、そして香りは口に残る。読者に呼び覚まされた感情表現を提供するだけではなく、その感情の源をたどり、それとまったく同じ感覚を読者のために創り出す、これこそがヘミングウェイの作品の基本だった。（ボレス 一二）

確かに、『日はまた昇る』にはワインやシャンパン、フランス料理やスペインの郷土料理の描写が満ち溢れ、読者を楽しませると同時に、一九二〇年代の退廃的なパリの雰囲気やスペインの伝統的な雰囲気、闘牛祭りがもたらす解放感などを演出する。『武器よさらば』においても、戦時下のイタリアという過酷な状況でありながら、兵士たちが食べるスパゲッティやチーズやワインは読者の食欲をそそり、死の危険に満ちた戦場の緊迫感と見事な対比を見せる。スペイン市民戦争を舞台とした『誰がために鐘は鳴る』でも、ジョーダンはゲリラと共に隠れ家である洞窟でアブサンやワインをたしなみ、ウサギのシチューを味わっている。交尾中に捕らえられた二匹のウサギから作られたこのシチューは、ジョーダンとマリアという二人の恋人を連想させ、彼らが死と隣り合わせの戦場にいることを暗示する。ジェフリー・メイヤーズが述べるように、ヘミングウェイは「登場人物の内面を明らかにし、思想を表現し、ムードを生み出し、情景を設定し、異国の雰囲気を呼び覚ますために食べ物を描くのだ」（Meyers 426）。

数多くの食事の場面を描いてきたヘミングウェイだが、その作品に登場する食べ物の種類は、初期作品から後期の作品にかけて次第に数が減って行く。サミュエル・J・ローガルが作成したヘミングウェイ作品に描かれた食べ物と酒のリストによると、初期の代表作である『日はまた昇る』にはアブサンやワインなど一五種類の酒と、固ゆで卵や子豚の丸焼きなど二九種類の食べ物が、累計一二一回登場する。それに対し、晩年の傑作として知られる『老人と海』では、ビール、ラム酒、そして水という三種類の飲料と、魚や豆といった質素な七種類の食べ物が、たった一四回描かれるだけである（Rogal 203-88）。

しかし、これはヘミングウェイが年と共に食への関心を失ったことを意味するわけではない。逆に、小説の中で食が果たす役割はさらに研ぎ澄まされ、明確になって行く。特に注目すべきは、『老人と海』では食べ物の「味」が何度も言及されるという点である。『日はまた昇る』ではあれほど豊富な食事が登場しながら、その味についての言及は非常に少なく、まるでレストランやバーのメニューを読み上げているだけといえる描写が多い。一方、『老人と海』では登場する食べ物の種類は格段に少ないものの、そのわずかな食物の「味」は老人が抱える宗教にまつわる葛藤や感情の揺れ動きを如実に表している。

そこで本章では『老人と海』における食物とその「味」の描かれ方に注目し、科学に基づいた現代的価値観と、古い伝統に基づくキリスト教の間で揺れ動く老人サンチャゴの葛藤を読み解いて行きたい。これによって、新旧二つの価値観に対してヘミングウェイが生涯をかけて出した一つの答えに、我々もたどり着くことができるだろう。

1．空腹の技法と栄養学

『老人と海』は疑いなくヘミングウェイの作品の中でも最もよく知られた小説である。この中編小説によってヘミングウェイは一九五三年にピューリッツァー賞を受賞し、さらに一九五四年にはノーベル文学賞を受賞することになる。ゲリー・ブレナーはこの小説が長く愛される理由を「我々の世界からの遠さ」（Brenner 3）にあると指摘し、作品の舞台であるキューバで巻き起こったキューバ革命などの政治的な問題を描くことなく、一人の老人が人生の意味を問うために魚と戦うという、シンプルで象徴的な物語であることが、異なる文化的背景を持つあらゆる世代の読者にとって意義深い物語として読まれることになった理由であると述べている（Brenner 7）。確かに一見したところ、本作には執筆当時の一九五〇年代の社会情勢や特有の文化を感じさせる要素はほとんど見て取れない。しかし、何気なく書き込まれているサンチャゴの食べ物に対する姿勢の中に、二〇世紀前半のアメリカにおける医学的価値観が潜んでいる。

だが、食べ物についてのサンチャゴの態度を論じる前に、彼が示す「空腹」について論じなければならない。八〇日以上の長きにわたる不漁に陥った老人サンチャゴは小説の前半ではほとんど空腹を感じていない。老人を気に掛ける若者マノリンが夕食を持ってきた時も、サンチャゴは「腹はそんなに減ってない」（*OMS* 19）と言って食事を取ろうとしない。釣りに出ようとする日も、サンチャゴはたった一杯のコーヒーを飲むだけであり、「それが彼が一日のうちに口にする全てだった。それを飲まねばならないことを彼は知っていた。今や食べることは彼にとってうんざりすることであり、昼食も決して持って行かなかった。彼は小舟のへさきに水を入れた瓶を置き、それが日中彼が必要とする全てだった」(*OMS* 27) と考え、まともな食事を取らない。サンチャゴの食への関心の希薄さはヘミングウェイがこれまで描いた多くの主人公達とは異なる特徴である。

「空腹」はヘミングウェイの作品に頻繁に登場するモチーフの一つである。『移動祝祭日』において、ヘミングウェイは「空腹は良い修行である」(*MF* 55) と述べ、「空腹は感覚を鋭くしてくれる。さらに、私が書いた登場人物たちは皆非常に食欲旺盛で食事に対して強い関心と欲求を持っていると気づいた」(*MF* 70) と述べ、創作と空腹の結びつきを強調する。実際、『日はまた昇る』でジェイクは何度も空腹を感じ、パリとスペインでさまざまな酒と食事を堪能する。特に闘牛士ロメロと決別したブレットを迎えにスペインを訪れたジェイクが、ブレットと食事をする物語の結末近くの場面では、ジェイクはスペインの有名なレストラン「ボティン」の子豚の丸焼きを平らげ、「僕は色んなことをしたいんだ」(*SAR-HLE* 198) と言う。今後の人生に対するジェイクの積極的な姿勢が、空腹という形で表現されているのである。一方、ブレットはロメロと決別したショックを引きずっており、あまり食べなかったと書かれている (*SAR-HLE* 197)。ジェイクとは反対に、ブレットの悲しみや未来への絶望が食欲の喪失によって表されるのである。

『武器よさらば』ではキャサリンはフレデリックと性行為に及ぶ前、「とにかくお腹がすいたわ。とってもお腹がすいたの」(*FTA* 153) と言っている。サミュエル・ローガルが「空腹は『武器よさらば』において主要な要素の一つを構成している。空腹は主要な登場人物たちの欲望や欲求を表現する」(Rogal 143) と述べているように、キャサリンの空腹はフレデリックへの欲望と等価なのである。フレデリックもまたミラノへ向かう貨物列車に乗り込み、イタリアの戦線から離脱するのに成功した時、「ひどく腹が減った」(*FTA* 230-32) と感じている。フレデリックの感じる強い空腹は、死から逃れ、平穏な生活を望む彼の生への渇望を表しているといえよう。

『誰がために鐘は鳴る』の主人公ジョーダンは、小説の冒頭で登場する時「その若者はロバート・ジョーダンという名で、とても空腹だった」(*FWBT* 4) と表現され、第一章は「とにかく、俺は腹ペコだ、と彼は思った。パブロがいいものを食ってるといいんだが」(*FWBT* 17) というモノローグで締めくくられる。冒頭で示されるジョーダンの空腹の強さは、この戦争で生き残ろうとする彼の意志の強さとも読めるだろう。

レオ・ハマリアンがヘミングウェイは「空腹を若さや目的の純粋さ、男らしさ、創作の力、生への渇望と結びつける」(Hamalian 6) と述べているように、ヘミングウェイ作品の主人公たちの多くは若く、男らしく、生を渇望し、そして空腹である。ヘミングウェイの小説において食欲が生への活力と同義であるのなら、サンチャゴの空腹の喪失は、漁師としての運に見放され、自身の生命や未来への期待を失っている状態を表すといえる。

食欲を失ったサンチャゴは、しかし、食物の栄養や薬効には敏感である。彼は一杯のコーヒーを飲みながら、かつて自分も漁師として精力的に魚を釣り、体を鍛えるために海亀の卵やサメの肝油を飲んでいた時の事を次のように回想する。

彼は力をつけるために卵の白身を食べた。（中略）彼はまたカップ一杯の鮫の肝油を毎日漁師たちが道具をしまっておく小屋のドラム缶から飲んだ。（中略）ほとんどの漁師がその味を嫌っていた。しかし、いつもそうしているように早朝に起きるよりは辛くないし、風邪やインフルエンザを防ぐためにはよく効くし、目にも良かった。（*OMS* 37）

この回想から、サンチャゴにとって食事とは「味」を楽しむためのものではなく、栄養価の高い食物を食べることで、より大きな魚を釣り上げるための頑健な体や、獲物を見つけるための視力の良い目を保つための行為であることがわかる。

さらにサンチャゴは小舟の上でカジキを釣り上げるために手を怪我した際、事前に釣り上げておいたマグロを「少しも欲しくなくても」「強さを保つために」（*OMS* 48）食べなければと自分自身に言い聞かせる。そしてマグロの肉を食べながら「よく噛むんだ」「そして全ての汁気を取り込むんだ」（*OMS* 58）とその成分を体内に吸収することを意識し、「手よ、どんな具合だ？　まだ効き目が出るには早すぎるか？」（*OMS* 59）と傷ついた自身の手に向かって、マグロの肉を食べた効果を問いかけている。さらにサンチャゴは飛び魚について、「これは他のどんな魚よりも栄養がある、と彼は考えた。少なくとも俺に必要なたぐいの栄養だ」（*OMS* 85-86）と考えて骨ごと尻尾まで食べ、シイラを食べるときにはその味を「惨めなもの」(*OMS* 79) だと言いながら「とにかく、このシイラを食べてしまわなければ」(Now let me get through the eating of this dolphin [fish]) (*OMS* 79) と言って、あたかも苦難を「切り抜ける」(get through) ようにシイラを食べる。このような食に対するサンチャゴの姿勢は、彼にとって食物が味を楽しむためでないばかりか、空腹を満たすための行為ですらないことを示している。食物は彼にとって、肉体のダメージを回復させる薬のようなものであるといえるのだ。

食物の栄養素を重視し、まるで薬のように摂取するサンチャゴの行為は、一九世紀後半から二〇世紀前半にかけて発展した栄養学の影響によるものであると考えられる。ハーヴェイ・レヴァンスタインによれば、一九世紀中頃に科学者が食品の栄養をタンパク質、炭水化物、脂質、ミネラル、水分に分類して以降、アメリカ人は食品を医学的、栄養学的見地から選ぶようになったという (Levenstein 46)。デボラ・ラプトンは、このような考え方は一九一〇年代から一九三〇年代にかけて「新栄養学」(New Nutrition) として一般に知られるようになった、と述べている。「新栄養学」は食べ物を味や見た目ではなく、科学的に分析された栄養素にしたがって奨励するものである (Lupton 71)。実際、アメリカではオレンジはその味だけでなく、豊富なビタミンCを含むために好まれる傾向にあり、ホウレン草やレーズンは鉄分を多く含んでいるため、体に良い食べ物と認識されていた (Whorton 87-89)。新栄養学が浸透した一九三〇年代アメリカの人気アニメ「ポパイ」において、子供が苦手とする味でありながら、ホウレン草が主人公ポパイの超人的な力の源として描かれていることは、この新栄養学のイデオロギーを反映していると考えられる。

すなわち、味の悪さや空腹感の欠如を無視しても魚を食べようとするサンチャゴの行為は、魚の肉に含まれる栄養素を摂取することで自身の弱った肉体を強化しようとする試みであり、その背景にはヘミングウェイが少年期から青年期を過ごした二〇世紀前半にアメリカに流布した、食品にまつわる医学と栄養学の影響を見て取ることが出来るのである。

『老人と海』の執筆中、高血圧のためダイエットを余儀なくされていたというヘミングウェイ自身の経験も無関係ではないだろう。『老人と海』を書き始めた一九五一年の編集者チャールズ・スクリブナー宛の手紙では、ヘミングウェイはダイエットのための食事について以下のように文句を言っている。

> 体重を落とし、血圧を下げることが毎日の日課だ。朝食には三枚のライ麦のクラッカーを食べ、仕事が終われば庭の人参を少しと、若いラディッシュ、葱を食べる。昼食は少しか全く食べず、夕食はピーナッツバター・サンドイッチだ。(*SL* 722)

さらにその一か月後の手紙では、医者からビタミンBのカプセルを処方されたことを伝えている(*SL* 727)。ヘミングウェイの草稿や遺品の多くを保管しているボストンのジョン・F・ケネディ・ライブラリーには、一九六一年一月二一日にヘミングウェイのために薬局で処方されたマルチビタミン剤の瓶が保管されている。『老人と海』の執筆後も、晩年に至るまでヘミングウェイは日常的に食事と身体の関係性に注意を払っていたことがうかがえる。作家自身がダイエットという「空腹」にさらされ、身体と

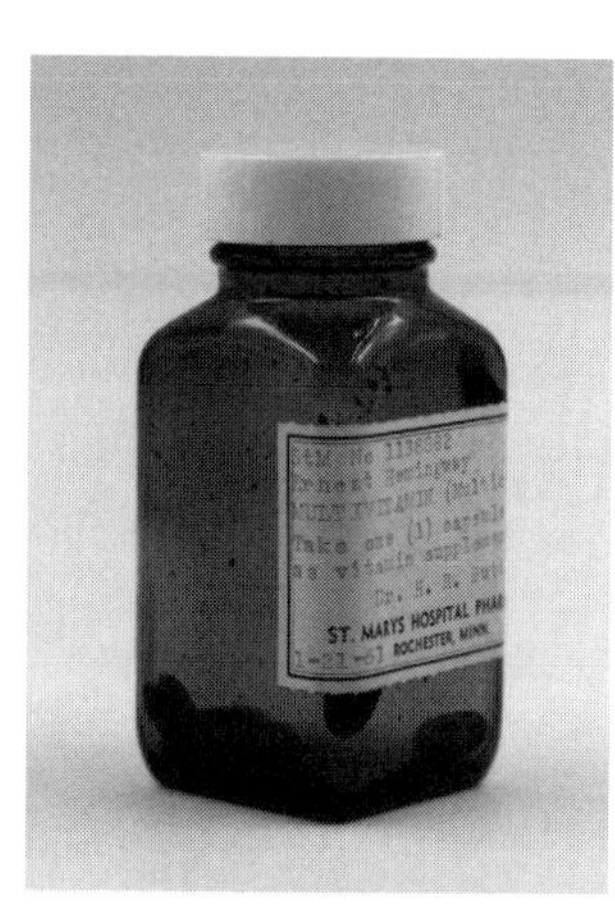

ヘミングウェイのビタミン剤の瓶
Ernest Hemingway Collection,
John F. Kennedy Presidential Library and Museum.
Gift of Mary Hemingway.

栄養が日々強く意識される中で執筆された『老人と海』において、サンチャゴが自身の肉体と食物を密接に結びつけるのは必然だったのかもしれない。

食物を味を楽しむためではなく、身体の改良のために食べるという姿勢は、サンチャゴの身体観にも影響を及ぼしている。彼は自身の体を自分とは別の器官として認識し、痛みに引き攣った自分の右手に対し、あたかも手が独立した存在であるかのように「まったくなんという手だ」「じゃあ、そうしたければ痙攣すればいい。かぎ爪みたいになるがいい」(*OMS* 58) と話しかけ、力をつけるために小舟の上で魚を食べた時には「どんな感じだ？　手よ」(*OMS* 58) と呼びかけている。さらにはカジキを釣り上げるために格闘している最中に手の痛みに悩まされると、「もしこの手がまた引き攣ったら、彼を引き綱で切り落としてやる」(*OMS* 85) というように、手を「彼」(he) と呼んで擬人化し、足手まといを排除するように手を切り落とそうと考えている。

サンチャゴが感じる自身の身体との奇妙なほどの解離性はヘミングウェイの他の作品にも見受けられる。『武器よさらば』において第一次世界大戦中に脚を負傷したフレデリックは、手術を受けた自分の体を自分のものではなく、医師のヴァレンティーニのものだ、と感じている（*FTA* 231）。高野泰志が指摘するように、フレデリックは自分の体を右膝、左膝、頭、そして腹というように、それぞれ別々の部位の集まったものとして意識し、手術を受けたことでそれがまだ自分のものか、それとも医師のものになったのかを吟味してしまうほど、自分の身体としての一体感を持てない状態にある（高野『引き裂かれた身体』五〇–五三）。怪我をしたことで自身の体との間に断絶を感じるという点では、フレデリックの身体観とサンチャゴのそれは似通っている。

負傷した身体とその修復というモチーフは、短編小説「異国にて」（"In Another Country"）においてより詳しく描かれる。この短編では、第一次世界大戦で負傷した兵士たちが機械によるリハビリを受け、兵士が怪我によって硬直した脚を機械を使って伸ばしてもらったり、縮んでしまった手を同じく機械によって動かしたり、欠損した鼻を再構築してもらう様が描かれる（*CSS* 207）。高野泰志は、機械テクノロジーによるこのような治療を受けた兵士たちは人間の身体とは分割可能な部分の集合であり、人工の製品によって置き換えることが可能であるという新たな身体観を植えつけられる、と述べている（高野『引き裂かれた身体』五一）。

サンチャゴは戦争で負傷したわけでも、病院で治療を受けたわけでもないが、自身の負傷した手を栄養によって修復できるとみなし、うまく機能しないときには切断してしまおうと考える彼の身体観は、身体とはそれぞれ独立した器官の集合体であり、損傷すれば取り替えられ、修復することもできるという、第一次世界大戦においてヘミングウェイが目の当たりにした新しい身体観を反映しているといえるだろう。サンチャゴが実践する食物の栄養によって身体を作るという「新栄養学」的な認識もまた、第一次世界大戦と同時期にアメリカに広まったものであることを考えるならば、本作で描かれる「食」もまた、兵士たちの身体を修復した機械と同様、新しいテクノロジーの一部であるといえるのだ。

2．キリストを「食べる」

サンチャゴの食事に二〇世紀の医学や栄養学の価値観が反映されている一方で、本作品における「食べる」という行為は伝統的なキリスト教的イメージもまた伴っている。従来の研究でも、カジキを釣るために釣り糸で手のひらに傷を負うサンチャゴや、脇腹に銛を突き立てられるカジキが、十字架の上で手足を釘づけにされ、ロンギヌスの槍で脇腹を突かれたキリストを連想させる点はよく指摘されている(Baker, *The Writer as Artist* 289-328; Waldmeir 349-56; Wells 97)。[1] しかし、サンチャゴは小説の中盤では自分自身を「信心深くはない」と認識している。彼はカジキを釣るため、「俺は信心深くはない」「だがもしこの魚を捕まえることができたら『われらの父』と『聖母マリアへの祈り』を一〇回ずつ唱えよう。そしてコブレのマリア様のところまで巡礼に行くと約束しよう」(*OMS* 64-65)というように、カジキを釣り上げられるなら神に祈ろうと考えるが、その祈りは「機械的」(*OMS* 65)であり、また疲れのために祈りの言葉を全て思い出すことはできない。そこで彼は早口で祈ることで「自動的に」(*OMS* 65)祈ろうとする。

サンチャゴのこのような不完全で利己的な祈りは、『日はまた昇る』におけるジェイクの祈りと似ている。ジェイクは教会で自分自身や友人たちのこと、闘牛のこと、釣りやお金のことを取りとめもなく祈る（*SAR-HLE* 78）。ジェイクの自己中心的な祈りは彼が第一次世界大戦のトラウマによって神への信頼を失っていることを暗示するが、サンチャゴの不完全な祈りもまた、彼が困難な生活の中で信心を失っていることを示している。すなわち、サンチャゴもまたヘミングウェイが描く多くの主人公たちと同様に、伝統的なキリスト教の教えや神に対する幻滅を味わっているといえるのだ。

しかし、やがてサンチャゴはかつて何らかの理由で失った神とキリストへの信頼を再び見出すことになる。そのための媒介として重要な役割を果たすのが、老人が釣り上げようとするカジキなのである。サンチャゴは「しだいに彼が釣り針に掛けた魚に同情し始めた。彼は素晴らしく、そして奇妙で、一体どれくらい年を取っているのだろうと思った」「彼は男らしく餌に食いつき、男のように綱を引き、その奮闘にパニックの気配はなかった」（*OMS* 49）というように、餌に食いつくカジキの「男らしさ」（like a male）を称賛し、あたかも人間の男を褒めたたえているようにも見える。強く男らしいカジキに対するサンチャゴの共感は、老人が持つ根源的な力強さを暗示すると同時に、彼が失われた自分自身の「男らしさ」を取り戻したいと願い、それをカジキの中に見出しているとも考えられる。老人はさらにカジキのことを「奇妙」（strange）で「年を取っている」（old）とも考えるが、この表現はサンチャゴがマノリンに対し、自身のことを「俺は奇妙な年寄りなんだよ」（I am strange old man）（*OMS* 14）と語っていたことと呼応する。すなわち、「奇妙」で「年寄り」なサンチャゴが、同じく「奇妙」で「年寄り」

なカジキに共感を抱いた結果、「今や俺たちは繋がり合っている」（*OMS* 50）と一体感を持つに至るのである。

カジキとの一体感は、次第にサンチャゴをキリストへと近づけていく。カジキが暴れた時、サンチャゴは「引き綱が魚の大きな背中を滑ったに違いなかった。もちろん、あいつの背中も俺のほど痛みはしないだろうが」（*OMS* 52）と考え、釣りの引き綱が背中を擦るカジキの痛みと、自分自身の背中の痛みとを同等の物として考えるが、この両者が被る背中の痛みは、背中を鞭打たれたキリストの痛みと響き合う。さらにカジキが急に海底に潜り、釣り針を引っ張った時、老人は手のひらに釣り糸が食い込んで傷を負う（*OMS* 56）。前述のように、サンチャゴの手のひらの傷は手のひらに釘を打たれて十字架に掛けられたキリストの姿を容易に連想させる。そしてサンチャゴがカジキに銛を突き立てて殺すまさにその瞬間、カジキとキリストのイメージは完全に一致する。

老人は引き綱を下ろし、足をその上に乗せ、できる限り高く銛を掲げると、ありったけの力をこめてそれを突き下ろし、そしてさらなる力を呼び起こし、人間の胸の高さまで飛び上がった魚の大きな胸鰭の後ろにある脇腹にそれを押し込んだ。（中略）やがて魚は死につつある中で再び生気を取り戻し、水の上にその大きさと幅の広さと力強さと美しさを露わにして飛び上がった。彼は老人の小舟の上の空中に掛けられたように見えた。（*OMS* 94）

多くの批評家が指摘するように、この脇腹に銛を打たれて宙に「掛けられた」(hang) ように飛び上がるカジキは、十字架に「掛けられ」(hang)、ロンギヌスの槍で脇腹を刺されたキリストのイメージと密接に結びついている。死闘の末に釣り上げたカジキは結局サメに食い尽くされてしまうが、それを惜しんだサンチャゴは残されたカジキの肉を口にする。アーヴィン・ウェルズが指摘するように、サンチャゴがカジキの肉を食べる行為はキリストの血と肉を象徴するワインとパンを食べる「聖体拝領」を彷彿とさせる (Wells 56-63)。キリストの体を食べることでキリストの神聖さを手に入れるという考え方は、トマス・ア・ケンピスの『キリストにならいて』(*De Imitatione Christi*, 1418) に記された教えに基づいているといわれており、ヘミングウェイの蔵書にはフランス語版の『キリストにならいて』が含まれていることから、ヘミングウェイがこの聖体拝領の捉え方を認識していたことは明らかである (Reynolds, *Hemingway's Reading* 143)。すなわち、自分とよく似た「年老いて」「奇妙な」、しかし「男らしい」カジキを食べることで、サンチャゴは失われた自分自身の男らしさや活力を取り戻すと同時に、背中と脇腹に傷を負うことでキリストの象徴となったカジキを「食べる」という行為を通じ、サンチャゴとキリストの一体化もまた完遂するのである。

だが、このカジキを食べるという行為は、単に宗教的な象徴性だけが込められているわけではない。そこには現代医学に基づく栄養の認識もまた等しく含まれている。サンチャゴはカジキの肉を口にしたとき、「彼はそれを噛み、その肉質の高さと味のよさに気づいた。それは固く、ジューシーで、肉のようだったが赤くはなかった」(*OMS* 106) と語る。この「固くてジューシーで肉のような」という表現は、赤身の獣の肉のような印象をもたらすが、「赤くはなかった」という言葉から、カジキの肉が実際は白身の肉であることが示唆される。ハーヴェイ・レヴェンスタインによれば、二〇世紀初頭、食事療法の発展や栄養学の知識の広まりによって、健康食がアメリカの中流階級の関心を集め、その結果、「ホワイト・ミート」(white meat)すなわち魚や鶏肉といった白身の肉が低脂肪で高タンパクの肉として好まれるようになり、逆に牛肉や羊の肉のような赤味の肉は脂肪分が多いため健康に悪い食品と見なされるようになったという(Levenstein 59)。実際、一九一八年以降、白身の肉は健康によい「プロダクティブ・フード」(productive food)として卵や牛乳、緑黄色野菜と共に、その栄養価の高さによって推奨された食品の一つに数えられている(Whorton 90)。つまり、カジキの肉を「赤くはなかった」とあえて強調するサンチャゴのこだわりは、白身の肉を健康的であると感じる二〇世紀的医学、および栄養学の価値観が反映されていると考えることができるのである。

しかし、それではなぜサンチャゴは、カジキの肉を「肉のようだ」と言って、獣の肉に似ていると述べたのだろうか。この言葉はカジキの肉が単なる魚の肉であるだけでなく、もっと別の動物の肉を連想させる役割があると考えられる。その動物は牛や豚のような家畜であるかもしれないが、あるいは人間さえも含んでいるかもしれない。通常はパンとワインに置き換えられている「聖体拝領」が根底に持つ、キリストの血と肉を食べるというカニバリズム的な生々しさが、カジキの「肉」を通じて表現されているようでもある。

自身が愛し、尊敬する生き物を食べることで、その動物と一体化したいというサンチャゴの願望は、ヘミングウェイ自身の願望でもあった。ヘミングウェイは一九五三年のアフリカ滞在時にライオン狩りを行い、仕留めたライオンの素晴らしさに感銘を受けた結果、その肉をステーキにして食している。現地の人々はその行為に驚きを示すが、ヘミングウェイにとっては愛するライオンを自らの内に取り込む行為であったのだろう。また豹の肉を食べた時にも、ヘミングウェイは豹と一体化した気持ちになると述べている（Eby 131）。宗教的崇高さとカニバリズムにも通じる倒錯性とが紙一重に接する、この「食べる」という行為によって、サンチャゴはカジキを媒介としてキリストを「食べ」、かつて失ったキリスト教との一体感を取り戻すのである。

カジキを食べるという「聖体拝領」を行った後、サンチャゴとキリストの結びつきは今までになく明瞭に描かれるようになる。鮫にかじられた場所から流れる血によって、さらに多くの鮫が集まり、次々にカジキを食べるのを見て、サンチャゴは「ああ！」と叫び声を上げるが、その叫びは「この言葉を翻訳することはできないが、恐らく人間が手のひらを木に釘付けにされたときに思わず上げる叫び声と同じだろう」（*OMS* 107）と語られる。釘で手のひらを木に打ち付けられた者、とは、十字架に釘付けにされたキリストに他ならない。そして、ようやく港に上陸したサンチャゴはマストを背負い、何度か躓きながら坂を上る（*OMS* 121）。この場面は十字架を背負い、ゴルゴダの丘を躓きながら登るキリストを彷彿とさせる。さらに、小屋に到着したサンチャゴは「彼は新聞紙の上にうつぶせになって、両腕を伸ばし、手のひらを上に向けて眠った」（*OMS* 122）と描かれるが、この姿勢はまさに両腕を広げて十字架に掛けられ、息を引き取るキリストの姿を思い起こさせる。

眠りにつくサンチャゴを待ち受ける未来がどんなものであるのか、明確には示されていない。漁師としての再起を賭けたカジキ釣りに失敗した失意のサンチャゴは、この眠りの後、死に至ると考えることもできるが、彼がキリストとの一体化を果たしたと考える時、この小説の結末には希望の光が灯される。漁から戻ったサンチャゴの様子を見に来たマノリンから、また一緒に漁に行こうと誘われると、サンチャゴは嵐は「三日」もすれば収まるだろうから、その後で行こうと答える（*OMS* 125）。「三日」という数字は言うまでもなく、一度死んだキリストが復活するまでの日数と同じである。キリストが三日後に墓から蘇ったように、全ての力を使い果たし、若かりし日に見たライオンの夢を見て眠る老人は、死ではなく、再生を夢見ているのであろう。

この物語はプロットのみを追うのであれば、老人がカジキ釣りに出かけ、失敗したのち、疲れ果てて眠りにつく、という単純な物語である。しかし、カジキという聖体を通してサンチャゴにキリストのイメージが付与されると、その失敗はキリストの受難となり、結末における老人の眠りは単なる敗北者の眠りではなく、三日後に復活するキリストの束の間の死と見なすことができる。物語の序盤では「自分は信心深くない」と言い、まじめに祈ることもできなかったサンチャゴだが、苦闘の中でカジキの中に人間性を見出し、自らの兄弟として共感し、最後にキリストのように死ぬカジキの肉を食べることで、彼はついにキリストの神性を自身の内に取り込んだと解釈することが出来るのだ。

また、白身の魚が低脂肪、高タンパクの健康食品と見なされていた二〇世紀初頭の医学的価値観については先ほど述べた通りであるが、デボラ・ラプトンが「良い食品は栄養と健康、純粋さ、自然、田舎、禁欲主義、道徳性、家族、仕事、セルフ・コントロール、鍛錬、毎日のこと、義務、神聖さ、精神性、大人であることに結びつけられる傾向にある」（Lupton 154）と述べているように、食べ物は単に栄養的価値だけでなく、道徳や神聖さといった精神的な価値をも同時に付与されるのである。

すなわち、序盤では漁師としての運に見放され、食欲もなく、神への信頼を失っていたサンチャゴは、二〇世紀的な医学に基づく栄養食品としての機能とキリストの聖体という二つの要素をカジキの肉に付与し、それを「食べる」ことで、伝統的なキリスト教的価値観と現代的な価値観という対立する二つの要素を融合させ、損なわれた自身の身体と魂を復活させようとしたのではないだろうか。

註

（1）『老人と海』を始め、ヘミングウェイ作品とキリスト教の結びつきについて詳しく論じた著作として、高野泰志の『アーネスト・ヘミングウェイ、神との対話』（2015）がある。

終章

ヘミングウェイは一八九九年に生まれ、一九六一年に没した。一九世紀の終わりに生まれ、新世紀の暗い幕開けとなる第一次世界大戦と戦後のジャズ・エイジに青年期を過ごし、まさにアメリカの世紀といえる二〇世紀がベトナム戦争の陰りを迎えるまでの時代を生きたアメリカ作家である。モダニストの絵画の手法を文学的手法に応用し、旧来の感傷的な文学表現を捨て、いわゆる「ハードボイルド・スタイル」を確立し、登場人物の背景をあえて描かない「氷山理論」など、革新的な文学表現を開拓してきたヘミングウェイは、当然のことながら、因習的な伝統に背を向けた反逆的な作家として認知されてきた。

実際、ヘミングウェイは故郷オークパークでは不道徳な作家と見なされ、最初の代表作である『日はまた昇る』が出版された時、ヘミングウェイの母親は「糞」(damn)や「売女」(bitch)といったスラングに満ちたこの小説に対し、「あなたは素晴らしい能力を最低な使い方で」「浪費しています。その年の最も汚らわしい本のうちの一冊を出版するなどということは大変な不名誉です」「あなたは誠実さや高潔さ、名誉や立派な人生に対する関心を失ってしまったのですか?」(Reynolds, *Young Hemingway* 53)と手紙で書き送っている。

保守的で教会への信頼が篤く、整然とした緑の芝生と美しい家々が立ち並ぶ閑静な高級住宅街であるオークパークの住人にとって、スラングや性描写、飲酒による堕落に満ちたヘミングウェイの小説が嫌悪をもよおすものであることは想像に難くない。ヘミングウェイが一九五四年にノーベル文学賞を受賞した時ですら、オークパークの反応は鈍いものであった。オークパークの地元新聞『オーク・リーブス』(*Oak Leaves*)は第一面ではなく、なんと第七面にインタビューも顔写真も載せず、短くヘミングウェイのノーベル賞受賞を報じただけである。なお、同じページにはYMCAが植樹を行った記事が大きな写真と共に掲載されている(*Oak Leaves* 7)。オークパークにとって不道徳なモダニストの小説家の偉業よりも、キリスト教に基づく奉仕活動を行う団体の活動の方がはるかに価値があったことを示す象徴的な出来事であるといえよう。

一見すると、ヘミングウェイは終生、故郷オークパークの伝統的な宗教観とは和解することがなかったように見えるかもしれない。しかし、ヘミングウェイの小説に描きこまれた「五感」の描写の中には、極めて伝統的なキリスト教のイメージと現代的な医学や科学のモチーフが混在している。あたかも信心深い母と医師である父から与えられた拭い去ることのできない影響と、それに対する愛憎を反映するかのように、ヘミングウェイの作品内で宗教と科学という新旧の価値観は対立し、もつれあい、やがて一つの大きなうねりとなって物語の根底を流れる水脈となって行く。

ヘミングウェイの出世作である『日はまた昇る』では一九二〇年代のジャズ・エイジを背景に、ヘミングウェイの母親が非難した通り、酒とダンスに溺れ、信仰や社会規範から逸脱した自堕落な若者たちが描かれる。主人公ジェイクは第一次世界大戦で被った身体的、精神的傷から目を背けるため、眩い電灯と騒がしい音楽に満ちたパリの享楽的な夜を謳歌する。その一方で、ジェイクはスペインの伝統的かつ宗教的な祭りである闘牛祭りに参加することによって、悲惨な戦争体験によって断絶した伝統や宗教と自身の間の絆を取り戻そうとする。ジェイクが古き良きパリを愛し、黄昏に浮かび上がるノートルダム寺院を賛美し、ほの暗いランプの灯るアパートで暮らしていることもまた、戦争によって失われた過去へのノスタルジーであろう。

しかし、古き良きものを取り戻したいという彼の願望はパリでもスペインでも満たされない。パリの街を照らす二〇世紀のテクノロジーであるアーク灯の眩い光は、酒に酔ってミピポポラスと共に夜中に部屋を訪れるブレットの姦しさと共に、ジェイクの部屋の心地よい暗がりと静けさをかき乱す。さらに闘牛祭りでは失われた伝統と男らしさをロメロの闘牛に見出す一方で、牛追いの事故で無意味な死に至る一般市民を目にすることで、闘牛という命がけの戦いの背後に戦争による死と暴力の影を見ることになる。戦争によって失われたものを回復させるための闘牛祭りによって、皮肉にもジェイクは戦争を想起させる無意味な死と暴力に再び直面するのである。闘牛に対する期待と尊敬の念が次第に幻滅へと変化する様子は、祭りのにぎわいが次第に「雑音」へと変わり、戦争の爆撃を思わせる不快な音に変化して行く描写から見て取れる。また、二〇世紀の新しい照明である電灯に照らされる闘牛士ロメロや闘牛祭りは、すでにスペインにも新時代の波が押し寄せ、もはや「古き良き」世界は存在していないことを示してもいる。

これらのことは、ヘミングウェイが彼の母親が懸念したように道徳や倫理観に対する関心を失ったのではなく、むしろ戦争によって古い社会や神に対する信頼が損なわれた後も、依然として「古き良き」世界とその価値観を求め続けていたことを示している。彼の思いをマイケル・レノルズは、「変わったのは世界だったのだ」「彼もまたもはや古き教えに敬意を払わない世界に対する嫌悪でいっぱいになった。汚れてしまったのは人生のほうなのだ」(Reynolds, *Young Hemingway* 54)と語っている。ジェイクは実際、最後にはスペインの闘牛祭りの喧騒から離れ、ブレットにとってはつまらない場所であるサン・セバスチャンを訪れ、その「静けさ」に癒しを求めに行く。彼が海辺のサン・セバスチャンで耳を傾けるのは祭りの騒音ではなく、美しいオーケストラの調べである。彼はブレットが体現する享楽的で自堕落な生き方を欲しているわけではない。むしろ戦争によってすでに世界から失われてしまった確固たる伝統と心の拠り所となる神の姿を、始めは闘牛祭りに、次いで清らかな海の水と音楽の中に求めたのである。

だが、ヘミングウェイの主人公たちは単純に古き良きものを懐古するわけではない。彼らの自由と生命を脅かすのもまた、伝統的な社会と神なのである。『武器よさらば』における温度や湿度を始めとした清潔や不潔にまつわる「触覚」は、フレデリックとキャサリンが直面した新旧の価値観の対立を炙り出す。戦線を離脱し、キャサリンとの恋愛と平和な生活を模索するフレデリックの行いは、社会に対する責任や道徳に背を背ける行為であり、キャサリンの言葉を借りるなら「罪深い」「悪徳」である。

しかし一方で、フレデリックたちが戦火の中でつかの間の平和を見出す病院や、亡命先として目指すスイスは常に「涼しく」「澄んで」「乾燥している」と表現される。それは信心深く善良な牧師の故郷である「涼しく」「清潔」で、「乾燥している」アブルッツィと酷似している。これはフレデリックが旧来の社会の掟に逆らい、未婚の女性と戦地から逃亡するという不道徳を成す一方で、物理的な「清潔さ」だけでなく、牧師が象徴する善や道徳性を求めていることを暗示する。雨と病と死に侵された戦争こそが彼にとっては「不潔」な悪であり、そこから逃れることは「清潔」な生と善なのである。スイスに到着した二人は雨に打たれるが、それはこれまで戦場で経験した不潔さや病の象徴としての雨とは異なり、清潔さを感じさせるものであり、彼らが世界のあり方を新しい価値観によって変えることに成功したかに見える。

だが、最後にキャサリンが難産の為に死亡する時、フレデリックは自分たちが「彼ら」と呼ぶ古い社会や神の力についに捕まってしまったと感じる。キャサリンが帝王切開を受ける様子が「異端審問の絵のよう」（*FTA* 325）というフレデリックの連想は、医療という現代的な領域に古い神の力が介入したかのような印象を与える。結局のところ、逃亡という形で古典的な社会規範と神の教えから逃れようとしたフレデリックは、自身が信じる新しい価値観に基づくキャサリンとの生を全うすることができず、神に逆らった異端者として、雨の中一人立ち去るのである。

『武器よさらば』の後、一〇年にも渡る長いスランプを経て出版された『誰がために鐘は鳴る』において、主人公ジョーダンは「匂い」にまつわる現代的な医学の価値観とキリスト教に基づく伝統的な価値観を織り交ぜ、神や運命と目には見えない闘いを行う。ジョーダンは自分が父親や前任者のカシュキンのように自ら死を望むのではないかという不安に苛まれ、死を予言するという不潔な「死の匂い」を遠ざけ、清潔な松の木の香を「ノスタルジアの香り」と呼び、身の回りに置こうとする。清潔な匂いを宗教的な善と医学的な衛生の双方に結び付け、悪徳と死をもたらす不潔の象徴である悪臭を打ち消そうというのである。

ジョーダンはこれまでのヘミングウェイの主人公たちと同様、信心深い人間としては描かれないが、自殺した父親や自ら死を望んだカシュキンに対する強い嫌悪感と、自身も同じ運命をたどるのではないかという恐怖は、明らかに自殺を禁忌とするキリスト教の価値観に基づいている。結末でジョーダンは「死の匂い」が予言したように、自ら死を願う苦境に立たされるが、「匂い」を通じてその運命に抗おうとする。彼は松の木の下で死を覚悟して敵を迎え撃つが、松の木の清潔な香りこそ戦争の英雄である祖父と結びついた「ノスタルジアの香り」なのである。すなわち、ジョーダンは死という運命から逃れることはできないが、自分の周りの「匂い」を選び取ることによって、その死を父親のような臆病者の自殺ではなく、仲間のために自ら犠牲となる英雄の死へと変化させたのである。キリスト教的な倫理観と現代的な医学の価値観を融合させることで、ジョーダンはついに運命の輪から一歩外へ出るのである。

そして生前に出版した最後の小説である『老人と海』において、ヘミングウェイは生涯葛藤を続けたキリスト教と現代的価値観の融合への道を模索する。老人サンチャゴがカジキを釣り上げ、その肉を食べる時、そこには優れた栄養素を取り込み、頑健な体を作り上げるという現代的な栄養学の観点と共に、キリストの血と肉を食べ、キリストと一体化するという宗教的イメージが矛盾することなく重なり合う。この「食」を通じた新旧の価値観の融合により、サンチャゴは鮫によってカジキを食い尽くされ、敗北者として陸に上がった後も、単なる負け犬として死に向かうことはない。小説の冒頭では何も食べようとせず、絶望を抱えていた老人は、カジキを釣り上げるために海上で栄養豊富な魚を食べ、巨大なカジキを釣り上げるほどの強靭な肉体と精神を取り戻したのである。そして、十字架ならぬマストを背負って帰路につき、三日後に再びマノリンと海に漕ぎ出す約束をして眠りにつく時、老人はつかの間の死の後、再び復活を遂げるキリストの力を身に帯びることになるのである。

ヘミングウェイの最初の代表作である『日はまた昇る』の主人公ジェイクと、最後の代表作の主人公であるサンチャゴの名前は、どちらも天使と格闘した聖ヤコブに由来する。生涯に渡り神と格闘し、その神の教えに基づいた古い価値観と二〇世紀的な新しい価値観との間で苦闘し続けたヘミングウェイとその主人公たちは、時に神に逆らい、時に運命を変え、ついに古き教えと新しき知恵の双方を「食べ」、その身の内に融け合わせたのではないだろうか。

あとがき

本書は二〇一三年三月に関西学院大学大学院において博士号を取得した博士学位論文“Sensing Hemingway: The Functions of Four Senses in Hemingway's Novels”を和訳、加筆修正し、新たな論考を加えたものである。まさか本書の出版までに一〇年もの月日を費やしてしまうとは想像もしていなかったが、就職に伴う新天地広島への引っ越しや、初めての大学での仕事、結婚と出産、そして育児など、言い訳を連ねながら延期に延期を重ねてしまった。一〇年前の自分の未熟な論文を見直して修正をする作業は、まるで自分が生み出した不完全な怪物を追跡しつつ逃げ惑うフランケンシュタイン博士のような心地であり、取り組んでは諦めモードになることの繰り返しであった。しかし、博士論文では「嗅覚」「聴覚」「触覚」「味覚」の四つの感覚についてしか考えることができなかったが、『日はまた昇る』と照明についての研究を行う時間ができたことで、ついに「視覚」を加えた「五感」を（ひとまずは）網羅した形で本書を刊行することができた。

思えば、最初に読んだヘミングウェイの長編小説が『日はまた昇る』であった。同志社大学の学部生だった私は、林以知郎ゼミでアメリカ文学の面白さに目覚め、無謀にもアメリカ文学の研究者になろうと決心した。どの作家の研究をしようかと主要なアメリカ文学の長編作品をあれこれと読む中で出会った『日はまた昇る』は、そこに書かれていることを理解するのは難しくないはずなのに、「何が書かれているのか分からない」という不思議な読後感があった。まるで水面に写っている情景は見えるのに、暗い水の底に潜んでいる「何か」が見えない、でも何かがそこにある。そんなもどかしさが、もっとこの作家を、作品を知りたいという動機になった。

関西学院大学大学院文学研究科博士課程の前期課程（修士）・後期課程（博士）では、新関芳生先生にヘミングウェイ作品を精読する楽しさと難しさを教わり、橋本安央先生には論文の構成や英語での論述の方法などを丁寧にご指導いただき、修士論文、博士論文の指導と審査で大変お世話になった。深く感謝申し上げます。先生方や先輩方、同期の院生と共に研究室に集まって、おすすめの映画や最近読んだ本など日々の雑談をしながら、英米文学について自由な議論を交わした大学院での時間はかけがえのないものであった。

大学院でさまざまな英米文学を精読するうちに、ヘミングウェイ作品が当初感じていた「ハードボイルド」で「マッチョ」な一面だけでなく、硬い殻の奥に隠された繊細で傷つきやすい側面を持つことに気づかされた。とりわけ、「匂い」や「感触」「味」「音」といった五感を通じて表現される主人公の感情は、映画や音楽のように直接的に音や映像を観客に伝えることのできない、文字という媒体で描かれるからこそ、作者の手から読者の脳内により高い純度で伝えられるように思えた。小説に描かれる「五感」は、明瞭なのに曖昧という矛盾を孕むヘミングウェイ作品を読み解く一つの手がかりとなった。「五感」を通じてヘミングウェイの主要作品を網羅的に読むという試みは、日本アメリカ文学会と日本ヘミングウェイ協会を中心に発表させていただいた。特に日本ヘミングウェイ協会では当時の会長の今村楯夫先生を始め、多くの方々から貴重な意見をいただき、温かく迎え入れていただいた。ヘミングウェイと「身体」について研究をされていた高野泰志先生には、研究の方法や解釈の仕方などで大きく影響を受けた。院生として未熟な発表をしていた私に的確な助言をしていただき、博士論文の副査としても大変お世話になった。心から感謝を申し上げます。また、現会長である小笠原亜衣先生、フェアバンクス香織先生、真鍋晶子先生、古谷裕美先生など、女性研究者が活発に研究に携わる姿を間近に見ることができ、どこか「男の世界」という先入観があったヘミングウェイ研究に対しても、新たな視点から取り組むきっかけをいただいた。

アメリカに本部を置くThe Hemingway Society の国際学会がイタリアのヴェニスで開催された際に、ヴェニスを舞台とする「よいライオンの話」と「食」について発表させていただく機会を得ることができたのも、日本ヘミングウェイ協会を通じてのことだった。ヴェニス滞在中に今村楯夫先生、高野泰志先生、真鍋晶子先生、院生の方々と一緒にアパートで生活し、市場へ食材を買い出しに行ったり、水しか出ないシャワーに悲鳴を上げたり、ヘミングウェイゆかりの場所へ行こうとして道に迷ったりしながら過ごした夏は忘れがたい楽しい時間であった。

さらに、本書の第一章にあたる『日はまた昇る』と照明についての発表を、『日はまた昇る』の舞台であるパリで開催された国際学会で発表できたことも幸運であった。その際に小笠原亜衣先生と一緒に美術館や蚤の市を巡り、先生の勧めに従って立ち寄ってみたクリュニー美術館（国立中世美術館）で、「五感」をモチーフとした「貴婦人と一角獣」のタペストリーを間近に見ることができたことは、私自身のヘミングウェイと「五感」を巡る研究の一つの節目となった。

The Hemingway Society では故ピーター・ヘイズ先生に発表の司会を担当していただいて以来、国際学会でお目にかかるたびに親身に研究の相談に乗っていただき、本書についても手紙のやり取りを通じて丁寧な助言をいただいた。特に『日はまた昇る』に描かれる音楽の種類を楽器から推察してはどうか、と指摘していただいたことは、本書の第二章に活かされている。

ジョン・F・ケネディ・ライブラリーでは、ヘミングウェイ・コレクションのスタッフの方々にお世話になった。特にキュレーターのジャニス・ホドソン氏には、ヘミングウェイが所持していたビタミン剤の瓶の写真を提供していただいた。

本書の出版について、松籟社の木村浩之氏には何年もお待ちいただいてしまったにもかかわらず、快く出版を引き受けていただき、本書に掲載する画像の版権や読みやすさなどについても丁寧に確認していただいた。改めて感謝申し上げます。

最後に、何よりも家族に感謝したい。アメリカ文学研究者の先輩でもある母には本書の原稿に目を通してもらい、丁寧にコメントしてもらえたことで、（私自身の論考の未熟さはぬぐい切れないが）少しでも読みやすい形にすることができた。父と妹、そして夫はまったく畑違いの理系でありながら、私の拙いヘミングウェイ論に耳を傾け、研究を支えてくれた。特に夫には家事育児などの日々の生活だけでなく、ジョン・F・ケネディ・ライブラリーでの調査旅行の際にも大いに支えられた。みんなのおかげでここまで続けてこれました。心からありがとう。

初出一覧

第一章　電気仕掛けのプロメテウス――『日はまた昇る』における「光」

・初出「電気仕掛けのプロメテウス――アーネスト・ヘミングウェイの『日はまた昇る』における照明表象――」『中・四国アメリカ文学研究』（中・四国アメリカ文学会）第五四号、二〇一八年、一―一〇頁

第二章　喧噪と戦争――『日はまた昇る』における「音」

・初出「サウンド・アンド・サイレンス――『日はまた昇る』における「音」の機能――」『ヘミングウェイ研究』第一四巻（日本ヘミングウェイ協会）二〇一三年、八一―九四頁

・再録「サウンド・アンド・サイレンス――『日はまた昇る』における「音」の機能――」『ヘミングウェイ批評――三〇年の航跡』（日本ヘミングウェイ協会編、小鳥遊書房、二〇二二年、四一七―四三二頁）

第三章　情熱の受難者たち――『武器よさらば』における「触覚」

・初出「パッションのゆくえ――*A Farewell to Arms* における「清潔」と「不潔」――」『関西英文学研究』（日本英文学会関西支部）第四号、二〇一〇年、六九-八三頁

・初出「暴露する手――*A Farewell to Arms* における逃避と露見」『アーネスト・ヘミングウェイ：21世紀から読む作家の地平』（日本ヘミングウェイ協会編、臨川書店、二〇一一年、六九-八五頁）

第四章　不毛な清潔、豊穣なる不潔――「キリマンジャロの雪」における「匂い」

・初出「不毛なる「清潔」と豊穣なる「不潔」――「キリマンジャロの雪」における創作と衛生――」『論集』（広島女学院大学）第六四集（電子版第四号）二〇一七年、一一-二二頁

第五章　死とノスタルジア――『誰がために鐘は鳴る』における「匂い」

・初出 "Death and Nostalgia: The Functions of "Smells" in *For Whom the Bell Tolls*"『英米文学』（関西学院大学英米文学会）第五七巻、二〇一三年、三二-五四頁

第六章　ライオンの食卓――「よいライオンの話」における「食」

・初出「ライオンの食卓――Ernest Hemingway の "The Good Lion" における「食」」『英米文学』（関

西学院大学英米文学会）第五九巻、二〇一五年、六三–七八頁

・"A 'Very Complicated' Diet for a Lion: The Functions of Food and Drink in Hemingway's 'The Good Lion'" *Hemingway in Italy: Twentieth-First-Century Perspectives*, University Press of Florida, 2017, pp.230-240 (Reprinted with permission of the University Press of Florida)

第七章　カジキの肉、キリストの血――『老人と海』における「味覚」

・初出 "Eating Fish, Eating Christ: The Meanings and Tastes of Foods in *The Old Man and the Sea*"『英米文学』（関西学院大学英米文学会）第六〇巻、二〇一六年、六一–八〇頁

終章　書き下ろし

参考文献

Allen, Frederick Lewis. *Only Yesterday: An Informal History of Nineteen-Twenties*. Harper & Row, 1964.

Attali, Jacques. *Noise: The Political Economy of Music*. Translated by Brian Massumi, U of Minnesota P, 1985.

Baker, Carlos. *Ernest Hemingway: A Life Story*. Penguin, 1972.

———. *Hemingway: The Writer as Artist*. Princeton UP, 1952.

Bakhtin, Mikhail. *Rabelais and His World*. Translated by Helene Iswolsky, Indiana UP, 1984.

Barlow, William. "Black Music on Radio During the Jazz Age." *African American Review*, vol. 29, 1995, pp. 325-28.

Berman, Ron. "Recurrence in Hemingway and Cézanne." *Hemingway Review*, vol. 23, 2004, pp. 21-36.

Brenner, Gerry. The Old Man and the Sea*: Story of a Common Man*. Twayne, 1991.

Broer, Laurence R. *Hemingway's Spanish Tragedy*. U of Alabama P, 1973.

———. "Intertextual Approach to *The Sun Also Rises*." *Teaching Hemingway's* Sun Also Rises, edited by Peter L. Hays, The Kent State UP, pp. 127-146.

Camastra, Nicole J. "Hemingway's Modern Hymn: Music and the Church as Background Sources for 'God Rest You Merry, Gentlemen'" *The Hemingway Review*, vol. 28, issue 1, 2008, pp. 51-67.

Classen, Constance. *Worlds of Senses: Exploring the Senses in History and Across Cultures*. Routledge, 1993.

Classen, Constance, David Howes, and Anthony Synnott. *Aroma.* Routledge, 1994.

Clemmer, Gregg. *American Miners Carbide Lamps: A Collector's Guide to American Carbide Mine Lighting*. Westernlore Press, 1987.

Collier, Aine. *The Humble Little Condom: A History.* Prometheus Books, 2007.

Daiker, Donald A. "Jake's 'Win' in Spain at the End of *The Sun Also Rises*." *Reading on* The Sun Also Rises, edited by Kelly Wand, Greenhaven Press, 2002, pp. 41-50. Originally published in "The Affirmative Conclusion of *The Sun Also Rises*," *McNeese Review*, vol. 21, 1974-1975, pp. 3-19.

Davidson, Arnold E. and Cathy N. "Decoding the Hemingway Hero in *The Sun Also Rises*." *New Essay of* The Sun Also Rises, edited by Linda Wagner-Martin, Cambridge UP, 1987, pp. 83-107.

Donaldson, Scott. "Frederic Henry: A Selfish Lover." *Reading on* A Farewell to Arms, edited by Gary Wiener, Greenhaven Press, 2000, pp. 56-67.

Duffy, John. *From Humors to Medical Science: A History of American Science*. U of Illinois P, 1993.

———. *The Sanitarians: A History of American Public Health*. U of Illinois P, 1992.

Dussinger, Gloria. " 'The Snows of Kilimanjaro': Harry's Second Chance." *Studies in Short Fiction*, vol. 5, fall 1967, pp. 54-59.

Earle, David M. *All Man!: Hemingway, 1950s Men's Magazine and the Masculine Persona*, The Kent UP, 2009.

Eby, Carl P. *Hemingway's Fetishism: Psychoanalysis and the Mirror of Manhood.* State U of New York P, 1999.

Eliot, T. S. *The Waste Land*, Boni & Liveright, 1922.

Evans, Oliver. " 'The Snows of Kilimanjaro': A Revaluation." *PMLA*, vol. 76, no. 5, 1961, pp. 601-07.

Fitzgerald, F. Scott. *This Side of Paradise*, Charles Scribner's Son, 1920.

Fleming, Robert E. "Hemingway's Treatment of Suicide: 'Fathers and Sons' and *For Whom the Bell Tolls*." *Arizona Quarterly: A Journal of American Literature, Culture, and Theory,* vol. 33, 1977, pp. 121-32.

Gaillard Jr, Theodore L. "Hemingway's Debt to Cézanne: New Perspective." *Twentieth Century Literature*, vol. 45, 1999, pp. 65-79.

Gilbert, Avery. *What the Nose Knows: The Science of Scent in Everyday Life*. Crown Publishers, 2008.

Glicksberg, Charles I. *The Tragic Vision in Twentieth-Century Literature*. Southern Illinois UP, 1963.

Grenberg, Bruce L. "The Design of Heroism in *The Sun Also Rises*." *Fitzgerald/ Hemingway Annual*, 1971, pp. 274-89.

Grimes, Larry E. *The Religious Design of Hemingway's Early Fiction.* UMI Research Press. 1985.

Hagemann, Meyly Chin. "Hemingway's Secret: Visual to Verbal Art." *Journal of Modern Literature*, vol. 7, 1979, pp. 87-112.

Hamalian, Leo. "Hemingway as Hunger Artist." *The Literary Review*, vol. 16, 1972, pp. 5-13.

Hays, Peter L. "Hunting Ritual in *The Sun Also Rises*." *Hemingway Review,* vol. 8, 1989, pp. 46-48.

Haytock, Jennifer A. "Hemingway's Soldiers and Their Pregnant Women: Domestic Ritual in World War I." *The Hemingway Review,* vol. 19, 2000, pp. 57-72.

Hemingway, Ernest. *The Complete Short Stories of Ernest Hemingway.* Scribner's, 2003.

———. *Death in the Afternoon*. Scribner's, 2003.

———. *A Farewell to Arms.* Scribner's, 2003.

———. *For Whom the Bell Tolls.* Scribner's, 2003.

———. "The Good Lion," *Holiday,* vol. 9, March 1951, pp. 50-51.

———. *Green Hills of Africa*. Scribner's, 1998.

———. *The Letters of Ernest Hemingway. Vol. 1*, edited by Sandra Spanier and Robert W. Trogdon, Cambridge UP, 2011.

———. *The Letters of Ernest Hemingway. Vol. 3*, edited by Rena Sanderson, Sandra Spanier and Robert W. Trogdon, Cambridge UP, 2015.

———. *A Movable Feast*. Granada Publishing, 1977.

———. *The Old Man and the Sea*. Scribner's, 2006.

———. *Ernest Hemingway: Selected Letters, 1917-1961*. edited by Carlos Baker, Scribner's, 1981.

———. *The Sun Also Rises: The Hemingway Library Edition.* edited by Sean Hemingway. Scribner's, 2014.

Hermann, Thomas. "Formal Analogies in the Texts and Paintings of Ernest Hemingway and Paul Cézanne." *Hemingway Repossessed,* edited by Kenneth Rosen, Greenwood, 1994, pp. 29-33.

Hoffman, Steven K. "Nada and the Clean, Well-Lighted Place: The Unity of Hemingway's Short Fiction." *Essays in Literature,* vol. 6, 1976, pp. 91-110.

Johnston, Kenneth G. "The Bull and the Lion: Hemingway's Fables for Critics." *Fitzgerald/Hemingway Annual*, 1977, pp. 149-56.

———. "Hemingway and Cézanne: Doing the Country." *American Literature,* vol. 56, 1984, pp. 28-37.

———. " 'The Snow of Kilimanjaro': An African Purge." *Studies in Short Fiction,* vol. 21, 1984, pp. 223-28.

Jones, Edward T. "Hemingway and Cézanne: A Speculative Affinity." *Unisa English Studies: Journal of the Department of English*, vol. 8, 1970, pp. 26-28.

Justice, Hilary K. "Alias Grace: Music and the Feminine Aesthetic in Hemingway's Early Style." *Hemingway and Women: Female Critics and the Female Voice*. U of Alabama P, 2002, pp. 221-38

———. "Music at the Finca Vigia: A Preliminary Catalog of Hemingway Audio Collection." *The Hemingway Review,* vol. 25, 2005, pp. 96-108.

Kempis, Thomas à. *The Imitation of Christ*. Translated by Leo Sherley Price, Penguin, 1952.

Kinsey, Alfred C, et al. *Sexual Behavior in the Human Male.* W. B. Saunders, 1948.

———. *Sexual Behavior in the Human Female*. W. B. Saunders, 1953.

Lair, Robert L. "Hemingway and Cézanne: An Indebtedness." *Modern Fiction Studies*, vol. 6, 1960, pp. 165-68.

Lee, Robert A. " 'Everything Completely Knit Up': Seeing *For Whom the Bell Tolls* Whole." *Ernest Hemingway: New Critical Essays*, edited by Robert A. Lee, Vision Press, 1983. pp. 79-102.

Levenstein, Harvey. *Revolution at the Table: The Transformation of the American Diet*. Oxford UP, 1988.

Lupton, Deborah. *Food, the Body and the Self.* Sage, 2011.

McCormick, John. *The Complete Aficionado*. World, 1967.

McLuhan, Marshall. *The Gutenberg Galaxy: The Making of Typographic Man.* U of Toronto P, 1962.

Meyers, Jeffery. "Hemingway's Feasts." *Papers on Language and Literature,* vol. 43, 2007, pp. 426-42.

Moreland, Kim. "Hemingway's Medievalist Impulse: It's Effect on the Presentation of Women and War in *The Sun Also Rises*." *The Hemingway Review*, vol. 6, 1986, pp. 30-41.

Nakjavani, Erik. "The Aesthetics of the Visible and the Invisible: Hemingway and Cézanne." *Hemingway Review,* vol. 5, 1986, pp. 2-12.

Oak Leaves, 4 November 1954, p. 7.

Philips, Gene. D, *Hemingway and Film*. Frederic Ungar Publishing, 1980.

Quetel, Claude. *History of Syphilis*. Translated by Judith Braddock and Brian Pike, The John Hopkins UP, 1990.

Reynolds, Michael. "False Dawn: A Preliminary Analysis of *The Sun Also Rises*' Manuscript." *Hemingway: A Revaluation*, edited by Donald R. Noble. Whitston, 1983, pp. 115-34.

———. *Hemingway: The Final Years.* Norton, 1999.

———. *Hemingway's First War: The Making of* A Farewell to Arms. Princeton UP, 1987.

———. *Hemingway: The Homecoming.* Norton, 1999.

———. *Hemingway's Reading, 1910-1940: An Inventory.* Princeton UP, 1980.

———. *The Young Hemingway:* Norton, 1998.

Rogal, J. Samuel. *For Whom the Dinner Bell Tolls: The Role and Function of Food and Drink in the Prose of Ernest Hemingway.* International Scholars Publication, 1997.

Ross, Lillian. *Portrait of Hemingway.* Simon and Schuster, 1961.

Rovit, Earl. *Ernest Hemingway.* Twayne, 1963.

Scales, Laurence. "The Wounds of War: Pre-Antibiotic Wartime Medicine." *The Royal Institution.* 22 July 2022, https://www.rigb.org/explore-science/explore/blog/wounds war-pre-antibiotic-wartime-medicine

Seidman, Steven. *Romantic Longings: Love in America, 1830-1980.* Routledge, 1991.

Smith, Mark M. *Sensory History.* Berg, 2007.

Smith, Paul. *A Reader's Guide to the Short Stories of Ernest Hemingway.* G.K. Hall, 1989.

Spilka, Mark. "The Death of Love in *The Sun Also Rises.*" *Ernest Hemingway*, edited by Harold Bloom, Chelsea House, 1985. pp. 107-18.

Stanley, Lawrence. "Hemingway, Cézanne, and Writing: Realities That Arise from the Craft Itself." *Literature and the Writer*, edited by Michael J. Meyer, Rodopi, 2004, pp. 209-25.

Stephens, Robert O. "Ernest Hemingway and the Rhetoric of Escape." *Ernest Hemingway's* The Sun Also Rises, edited by Harold Bloom, Chelsea House, 1987, pp. 51-60.

Stevenson, Robert Louis. "A Plea for Gas Lamps" *Virginibus Puerisque, and Other Papers & Weir of Hermiston: An Unfinished Romance,* Prince Classics, 2019.

Stoneback, H. R. "From the rue Saint-Jacques to the Pass of Roland to the 'Unfinished. Church on the Edge of the Cliff.'" *Hemingway Review*, vol. 6, 1986, pp. 2-29.

———. "Hemingway and Faulkner on the Road of Roncevaux." *Hemingway: A Revaluation.* Troy, 1983, pp. 135-63.

Strychacz, Thoman. "Doing 'it all for himself inside': Teaching Masculinity in *The Sun Also Rises*." *Teaching Hemingway's* Sun Also Rises, edited by Peter L. Hays, The Kent State UP, pp. 279-95.

Svoboda, Frederic. *Hemingway &* The Sun Also Rises: *The Crafting of a Style*. UP of Kansas, 1983.

Trodd, Zoe. "Hemingway's Camera Eye: The Problem of Language and an Interwar Politics of Form" *The Hemingway Review*, vol. 26, no. 2, 2007, pp. 7-21.

Turrell, James. "Mapping Spaces." *Theories and Documents of Contemporary Art*, edited by Kristine Stiles and Peter Selz, U of California P, 2012, p. 649

Underhill, Linda and Jeanne Nakjavani. "Food for Fiction: Lessons from Ernest Hemingway's Writing." *Journal of American Culture*, vol. 15, 1992, pp. 87-90.

Vernon, Alex. "The Rites of War and Hemingway's *The Sun Also Rises*." *The Hemingway Review,* vol. 35, 2015, pp. 13-34.

Von Cannon, Michael. "Traumatizing Arcadia: Postwar Pastoral in *The Sun Also Rises*." *Hemingway Review,* vol. 32, 2012, pp. 57-71.

Wagner-Martin, Linda, *New Essays on* The Sun Also Rises. Cambridge UP, 1987.

Walcutt, Charles Child. "Hemingway's 'the Snows of Kilimanjaro'." *The Explicator*, vol. 7, issue 6, 1949, p. 85.

Waldhorn, Arthur. *A Reader's Guide to Ernest Hemingway*. Farrar, 1972.

Waldmeir, Joseph. "Confiteor Hominem: Ernest Hemingway's Religion of Man." *Papers of the Michigan Academy of Science, Arts, and Letters*, vol. 42, 1957, pp. 349-56.

Watson, Lyall. *Jacobson's Organ and the Remarkable Nature of Smell*. Norton, 2000.

Wells, Arvin R. "A Ritual of Transfiguration: *The Old Man and the Sea*." *Twentieth Century Interpretations of* The Old Man and the Sea, edited by Katherine T. Jobes, Prentice-Hall, 1968, pp. 56-63. Originally published in *University Review*, vol. 30, 1963, pp. 95-101.

Whorton, James. "Eating to Win: Popular Conception of Diet, Strength, and Energy in the Early Twentieth Century." *Fitness in American Culture: Image of Health, Sport, and the Body, 1830-1940*. U of Massachusetts P, 1989.

Widmayer, Jayne A. "Hemingway's Hemingway Parodies: The Hypocritical Griffon and the Dumb Ox" *Studies in Short Fiction*, vol. 18, 1981, pp. 433-38.

Wilson, Edmund. "Return of Ernest Hemingway." *Hemingway: The Critical Heritage*, edited by Jeffery Meyers, Routledge & Kegan Paul, 1982, pp. 320-23. Originally published in *New Republic*, vol. 103, 1940, pp. 591-92.

Wylder, Delbert E. "The Difference Between France and Spain." *Reading on* The Sun Also Rises, edited by Kelly Wand, Greenhaven Press, 2002, pp. 33-40. Originally published in *Hemingway's Heroes*. The U of New Mexico P, 1969.

Young, Philip. *Ernest Hemingway: A Reconsideration*. Pennsylvania State UP, 1966.

新井哲男「ヘミングウェイにおける『清潔』な場所について」、『英語英文学研究』第2巻（一九九六年）四二－五五頁

アリストテレス『心とは何か』桑子敏雄訳（講談社、二〇一九年）

乾正雄『ロウソクと蛍光灯――照明の発達からさぐる快適性』（祥伝社、二〇〇六年）

今村楯夫『ヘミングウェイと猫と女たち』（新潮社、一九九〇年）

今村楯夫、島村法夫監修『ヘミングウェイ大事典』（勉誠出版、二〇一二年）
今村楯夫、山口淳『ヘミングウェイの流儀』（日本経済新聞出版社、二〇一〇年）
ウィリアムズ、ロザリンド・H『夢の消費革命――パリ万博と大衆消費の興隆』吉田典子、田村真理訳（工作舎、一九九六年）
エレナ、ジャン＝クロード『香水――香りの秘密と調香師の技』芳野まい訳（白水社、二〇二一年）
小笠原亜衣『アヴァンギャルド・ヘミングウェイ――パリ前衛の刻印』（小鳥遊書房、二〇二一年）
――「「男性的文化」の復権――モダニストの挑戦と『日はまた昇る』」『ヘミングウェイを横断する――テキストの変貌』日本ヘミングウェイ協会編（本の友社、二〇〇二年）一二一-三七頁
オキ・シロー『ヘミングウェイの酒』（河出書房新社、二〇〇七年）
勝井慧「パッションのゆくえ――*A Farewell to Arms* における「清潔」と「不潔」――」『関西英文学研究』第四号（二〇一〇年）六九-八三頁
――「ロング・グッドナイト――「清潔で明るい場所」における「老い」と父と子」『ヘミングウェイと老い』（松籟社、二〇一三年）四九-六九頁
楠本隆「キリマンジャロの死――「キリマンジャロの雪」について」『近畿大学教養部研究紀要』第二一巻二号（一九八九年）八五-一〇一頁
コルバン、アラン『娼婦』杉村和子監訳（藤原書店、一九九一年）
サヴァラン、ブリア『美味礼賛』関根秀雄訳（白水社、一九九六年）
酒井シヅ編著『疫病の時代』（大修館書店、一九九九年）
澤井慶明、永田奈奈恵『カクテルの事典』（成美堂出版、一九九六年）
シヴェルブシュ、ヴォルフガング『光と影のドラマトゥルギー――20世紀における電気照明の登場』小川さくえ

訳(法政大学出版局、一九九七年)
――『闇をひらく光――19世紀における照明の歴史』小川さくえ訳(法政大学出版局、一九八八年)
ジェッター、ディーター『西洋医学史ハンドブック』山本俊一訳(朝倉書店、一九九六年)
シューラー、ガンサー『初期のジャズ――その起源と音楽的発展』湯川新訳(法政大学出版局、一九九六年)
『聖書　新共同訳』(日本聖書協会、一九八八年)
瀬名波栄潤「男らしさの神話と実話――ニックのキャンプの物語」『アーネスト・ヘミングウェイ――21世紀から読む作家の地平』(臨川書店、二〇一一年)五八-七五頁
セール、ミッシェル『五感　混合体の哲学』米山親能訳(法政大学出版局、二〇一七年)
高野泰志『アーネスト・ヘミングウェイ、神との対話』(松籟社、二〇一五年)
――『引き裂かれた身体――ゆらぎの中のヘミングウェイ文学』(松籟社、二〇〇八年)
田中紀子「『日はまた昇る』における酒」『神戸常盤短期大学紀要』第一八号(一九九六年)七一-八一頁
ダルモン、ピエール『人と細菌――17-20世紀』田川光照、寺田光徳訳(藤原書店、二〇〇五年)
塚田幸光『クロスメディア・ヘミングウェイ:アメリカ文化の政治学』(小鳥遊書房、二〇二〇年)
デイヴィス、フィリップ『ある作家の生――バーナード・マラマッド伝』勝井伸子訳(英宝社、二〇一五年)
ティロー、フランク『ジャズの歴史　その誕生からフリー・ジャズまで』中嶋恒雄訳(音楽之友社、一九九三年)
ドストエフスキー、フョードル『カラマーゾフの兄弟(中巻)』原卓也訳(新潮社、一九七八年)
中村亨「ヘミングウェイ作品における飲食行為――充足した生への渇望」『英文学思潮』第六六巻(一九九三年)二〇七-二三頁
中村嘉雄「コーンの鼻はなぜ『平たく』なければならないのか:二十世紀初頭のアメリカにおける混血恐怖と美容整形術を中心に」『ヘミングウェイ研究』第一六号(二〇一五年)八三-九二頁

ナンシー、ジャン＝リュック『私に触れるな　ノリ・メ・タンゲレ』荻野厚志訳（未来社、二〇〇六年）
新関芳生「乾いた傷と濡れた傷――スティグマから読む『日はまた昇る』」『アーネスト・ヘミングウェイの文学』（ミネルヴァ書房、二〇〇六年）七五-九一頁
バシュラール、ガストン『蠟燭の焔』澁澤孝輔訳（現代思潮社、一九七一年）
パストゥロー、ミシェル、エリザベト・タビュレ＝ドゥラエ『一角獣の文化史百科』蔵持不三也訳（原書房、二〇二二年）
原克『アップルパイ神話の時代――アメリカ　モダンな主婦の誕生』（岩波書店、二〇〇九年）
プラトン『プラトン全集　第十二巻』種山恭子、田之頭安彦訳（岩波書店、一九七五年）
プルースト、マルセル『失われた時を求めて　スワン家のほうへI』吉川一義訳（岩波書店、二〇一〇年）
古谷裕美『ヘミングウェイと逸脱した身体――権力・棄却・ジェンダー』（関東学院大学出版会、二〇二二年）
ペンローズ、ローランド『ピカソ　その生涯と作品』高階秀爾、八重樫春樹訳（新潮社、一九七八年）
ボレス、クレイグ『ヘミングウェイ　美食の冒険』野間けい子訳（アスキー、一九九九年）
前田一平『若きヘミングウェイ――生と性の模索』（南雲堂、二〇〇九年）
マルクス、カール『経済学・哲学草稿』城塚登、田中吉六訳（岩波書店、一九六四年）
――『ユダヤ人問題によせて　ヘーゲル法哲学批判序説』城塚登訳（岩波書店、二〇二一年）
見市雅俊『コレラの世界史』（晶文社、一九九四年）
宮下規久朗『フェルメールの光とラ・トゥールの焔――「闇」の西洋絵画史』（小学館、二〇一一年）
宮下誠『ゲルニカ　ピカソが描いた不安と予感』（光文社、二〇〇八年）
武藤脩二『アメリカ文学と祝祭』（研究社、一九八二年）
モデルモグ、デブラ『欲望を読む――作者性、セクシュアリティ、そしてヘミングウェイ』島村法夫、小笠原亜衣訳（松

柏社、二〇〇三年）
山本洋平「考えるジェイク——『日はまた昇る』のカトリシズム表象」『ヘミングウェイ研究』第一五巻（二〇一四年）三五–四四頁
渡辺芳也『アコーディオンの本』（春秋社、一九九三年）

【わ行】

【ま行】

【や行】

【ら行】

【か行】

【さ行】

◉ 索　引 ◉

・本文および注で言及した人名、作品名、媒体名等を配列した。
・作品名は原則として作者名の下位に配列した。
・アーネスト・ヘミングウェイについては本書全体で扱っているのでページは拾っていないが、下位に作品名を配列した。

【あ行】

【著者紹介】

戸田　慧（とだ・けい）

関西学院大学大学院文学研究科博士課程後期課程修了。博士（文学）。

現在、広島女学院大学人文学部准教授。

専攻はアメリカ文学、特にアーネスト・ヘミングウェイを中心に研究。

著書に『英米文学者と読む「約束のネバーランド」』（集英社）、『ヘミングウェイ批評――三〇年の航跡』（共著、小鳥遊書房）、*Hemingway in Italy: Twentieth-First-Century Perspectives*（共著、University Press of Florida）、『アメリカン・ロード――光と影のネットワーク』（共著、英宝社）など。

ヘミングウェイの五感

2024年3月20日　初版第1刷発行　　定価はカバーに表示しています

著　者　戸田　慧

発行者　相坂　一

発行所　松籟社（しょうらいしゃ）
〒612-0801　京都市伏見区深草正覚町1-34
電話　075-531-2878　振替　01040-3-13030
url　http://www.shoraisha.com/

印刷・製本　モリモト印刷株式会社
カバー装画　松本里美
装幀　西田優子

ISBN978-4-87984-451-4　C0098